U0679687

后浪

Quel
bowling
sul
Tevere

一堆谎言：

安东尼奥尼的故事速写

Michelangelo Antonioni

[意] 米开朗基罗·安东尼奥尼 著
林淑琴 译

四川文艺出版社

目　录

即使我不知道世界是如何起源的，不过从天堂的种种方面和许多其他的事实看来，我敢断言这个世界绝不是由神的力量为我们创造的：它被给予的漏洞太多了。

　　　　　　　　　　　　——卢克莱修，De rerum natura，V，195-99

事象地平线

几年前一个十一月的早晨，我飞越俄属中亚。望着无垠的沙漠缓缓前进，衔接着东边白色的亚拉海（Aral Sea，即咸海），想着明年春天要在这个地区拍摄的电影《风筝》（*The Kite*）。一个从不属于我的故事和世界，所以我才喜欢它。正当冥思这个故事之际，看着沙漠恭谨地贴附着大地，我的思潮滑向远方。我向来如此。每次开拍一部影片时，另一部就滑入心底。

这部新片的起因是有一次在意大利坐小飞机，坏天气的日子，堆挤的云，加上风雨，顽强坚持的风像云一样灰。窗外，云嘶吼而过。飞机惨烈地起伏晃动，出人意料地歪斜。稍用点儿耐心，人就连危险都可以习惯。然而，相当突兀地，云静止了，我们以为飞机在往下掉，其实是被往上抛，因为刚才有一道闪电。早先灰色的浓度是因密布的云层而起，现在一道道黄色的闪电却欲将它撕裂。

我们经历了五次暴风雨。抵达时，有人告诉我，另一架小客机在第四次暴风雨里坠毁。无人生还。机上有六名乘客和一名驾驶员。

一位化学工业家和他的妻子。他学的是化学，可是记得的化学知识很少。他为爱结婚，常常解释说他为爱犯了大错。他常对妻子说，有一天我们有了孩子，他们和我们是否就像我们之间形同陌生人一般呢？他离开时，他们吵了一架。丈夫走了出去，重重地摔上门。房间里一片沉默。在沉默之中，她恐惧地察觉到，在吵架的时候，她从头到尾都和他摆着同样的姿态。

有一位作家，学过速读，一分钟能看两百行，可是写作时却非常缓慢。他从不厌倦纠正、重读字里行间的意义。他老是重读自己已出版的书，每次都有新希望，然后很快就失望了，把书放回架上。他崇拜现实，可是写作时，所有现实和文学想象之间的关联都消失了。他越来越少采用后者。年少时，他对阅读怀抱着很大的热情。能源危机时，他夜晚在窗前借着路灯看书。半夜时路灯隔几盏才亮，在他窗前的正是被关掉的那几盏。遇见工业家和他的妻子时，他已经成名，立刻送她一本自己的小说。后来他再也不曾见过她，连一句话或一通电话也没有。应邀一起旅行叫他受宠若惊，这或许是她怂恿的。可是机场的一瞥告诉他，他错得多么离谱，他小说的题材连提也没被提起。为了减少羞辱，他选择冷淡以待，那仅持续了很短的时间。走上机舱口时，他注意到工业家妻子的袋子里是另一位作家的小说。他觉得这真是太露骨了，所以选了后面的位子，离她远远的。而且他想——在后面安全些。

作家的情妇，为她自己的身材和死亡着迷。她曾写信给一位法国生物学家，请他直截了当地定义死亡是什么。那生物学家回信说死亡是一项统计上的假设，诚挚祝福致上，等等之语。作家写道——我想这答案并没有解决问题。他对这个问题毫无兴趣，他的建议是最好别去管它。她鄙夷地看着他，把笔记丢回手提袋里。她说用"最好别去管它"这种话来谈论死亡太简单了。这件事发生在他们开车去机场的途中。

她的笔记本第一页写着"请寄还"，还有她的姓名及住址。她已经预见会遗失它，然而笔记本在一簇红色酢浆草丛里被找到，大写的字母写着没有用的住址，清楚易识。

有一位是四十来岁的前国会议员，他在登机前几个小时上了趟法院，被传唤到民事法庭当辩护证人，手里还提着行李箱。那场诉讼是一个年轻人出于嫉妒谋杀了十九岁的妻子。年轻人说那个女孩承认她有个情人，而她的情人正是前国会议员。后者否认了。被告被判二十六年徒刑。他当时的年纪是二十五岁，所以等他被释放时已经快五十二岁。前国会议员听到判决时，沉溺在剧痛和责任感里。但他想到被杀的女孩，就感觉很温柔，这减轻了他的痛苦。他是个绅士，对拒绝他的女人都拥有非常甜美的回忆。

有一位是上了年纪的女士，非常迷人，未婚。她刚从俄国的罗斯托夫市集回来，在那儿买了一匹两岁的布德尼种马，付了十八万元。在和朋友出这趟远门之前，因过度紧张，她难受得跑去找医生。医生开了泻药。泻药？他解释说，说来你不会相信，但即使普通的泻药也能在我们体内产生镇静疲倦的感觉，如此一来就会降低我们正常的侵略性，引导冥想。即便在泻药起作用之前，医生的解释就给她一股奇怪而镇定的感觉。但她和前国会议员在电话上提起这件事时，他的一句话警告了她，她的紧张仍然濒临爆裂。那人说，对科学保持信心吧！明天你若没有侵略性，我会比较好过，我给你一个建议。什么建议？她有些惊慌，当时真想问他，可是她什么也没说。她松了手，并没有挂断电话，呆在那儿。听电话另一端的声音说喂，喂，喂……

驾驶员，一个复杂的灵魂，优柔寡断，终日惶惶。他早上起来就厌烦自己。女仆拿报纸给他，他一下子就气呼呼地看完。然后打电话给朋友辩论看过的新闻。如果别人不同意他的意见，他就侮辱人家。如果同意，就悄然无声。出门当天，他出奇地静默。他和一名女子通过电话。讲完电话，就离家去机场。值得一提的是：他愉快地对一位守丧的女人道了声早安。

飞机从海拔五千英尺的高空坠落。可以从远方的黑岩缝里看见海，可是只有牧人偶尔才停在小径上观望。如果他们停下脚步，一定是日落时分，因为日落或多或少追溯了他们一天的辛劳。牧人就住在飞机坠毁处的附近。那里住着两三百人，没有人算过。加上两个军事警察和一位神父。

神父抵达该地时，强风仍然吹着。警察已经到了，可是不知如何是好。神父也不知道。医生不在时，照顾高原上的病人和伤员是他的职责。可是这里除了四散在草丛里难以辨识的残骸之外，什么也没有。神父想，那就让我来关心灵魂吧！于是他开始祷告。其他人也从村子跑来观望。死亡是场盛宴，不须花钱，却顶吸引人的。但这次死亡留下的看头很少——烧毁的机身，肢首异处的人类，草地上留下想要降落的痕迹。牧人看见了，他们习惯了沉默，说了几句话就走了。神父也消失了。警察独个儿留下。

他是个年轻人，来自北方，正如当天的暴风雨。若不是为了模糊的责任感，他也会走开，那股他非常熟悉的清澈的风，为他的工作减去些苦楚。这个事件带给他深沉混乱的印象。混乱是因为他缺乏清单。死了多少人？他们是何许人？最要紧的是，他们在哪里？机身附近几乎什么也没有，显然飞机是受压爆炸的，里面的一切都被剧烈地抛起。即使往远一点儿的地方找，方圆六十码之内，也不会有较多痕迹可寻。也许驾驶员是机上唯一的人。这个假设立刻粉碎。搜寻当中，警官忽然看见一样色彩缤纷的东西——女人洋装的碎片。附近一簇红色酢浆草丛中有一本小小的记事簿。他捡起来，念着大写的字母。他翻了翻。今天的日期下画了几条线，写着几个字：什么时候了？字是由一只紧张的手在横着的册页上写的，使人怀疑有一股惊骇的预感。但这不是警察能拿来取乐的那种疑虑。这会儿多了一位有名有姓的死者的事实，而且是个女人的名字，这带给他更强的震撼。在他心底浮现了一连串女人的面孔，轮流和那个名字组合排列。警察选了一张脸，大概是从杂志借来的，他的想象就此打住。

他也停止搜寻。死者——死者的残骸和血肉已难再复原。可是靠海的草原边缘有两根手指。那手指连在一只手上，一只整洁得古怪的男性之手，抓着一支小小的白色塑料咖啡匙。手指稍曲，抓咖啡匙的手向下，就像往常搅拌的姿势。下面放杯子的地方，有块血渍，仿佛在这种情况下，搅拌血液远比搅拌咖啡来得有道理。就是这个逻辑，无聊至极，使得这个组合可怕吓人。警察把目光抽离，移向树林。

高原被树林围绕，终年常绿。栗树干的淡晕和影荫的黑郁只能稍稍削弱那份绿意，所以除了朝海的空处有色泽变化以外，绿意全盘占据优势。此时此地，绿色或温柔或豪放或忧郁。此时则是如斯的情景：天空雷电隆隆，地上机骸和死尸四散。这是世上严肃的一个角落。一小块无名的土地上，又重演一场禁忌而永无休止的游戏。

现在有两个人在了。第二个人出人意料地出现在稍远之处，也就是树林里头。他们年纪、背景、受教育程度都不同。

一个穿着警察制服，另一个西装革履。也许从高一点的角度看来，画面内第一个人在左边，几乎整个背对观众，另一个在右边面对着我们。两个人都静止不动，神情专注。他们看着眼前凄惨无言的事物，无疑都以不同的方式想着相同的事：事情怎么会发生在这些人身上？所有注视着死亡的人都是同一人。可是身份只因为那份注视而存在，先前的姿势就消失了。他一察觉自己不是单独一人，警察就走近那人，问道："您是家属吗？"另一人回答说"不"。他口气那么坚决，弄得警察不知如何搭话。那种问话方式是他的上司给的，他们没有置喙的余地。再说，他能问询些什么呢？做些什么呢？他知会了上司，任由他们做决定。他们给他唯一的命令是防止家属——万一他们赶到现场——触碰或移动残骸，以免妨碍侦查。可是那人看来并无此意。他走上走下地看。光是看看是不能禁止的。

森林边有一只高级的手提袋，告诉他们遇难者是有钱人：上好的鳄鱼皮，猪皮里衬，合金带扣。还有那男人的手指，手拿咖啡匙的模样，修剪整齐的指甲。现在他对细节的东西已有了好眼力。有一次，一个清道夫向他解释如何分辨高级住宅区和贫民区的垃圾。巧克力盒上的银纸、菠萝皮、凋萎的栀子花、圣杰明耐水瓶和法国白兰地酒瓶的标签、包心菜叶……这些在穷人的垃圾里都不会有。穷人就吃那些包心菜叶。

明天，探询的家属、好奇的搜索者、记者抵达后，他就会知道这些有钱人是谁了。但此时仍然不是揭示他们应有的重要性的时刻。

我坚持说这些只是些草稿，这个阶段我最感兴趣的是厘清我所讲述的故事。这好像是以认识论的方式来驳斥情节，但事情不只是在物质上变成影子（由于相对性和不确定性的原则），而且在日常的现实世界里也是如此。数学家用正确的名称来称呼事物，规定以符号 X 代表未知数。比如我想定义我所提的影片里的 X，我便会被引导去专注于那最后一个进场人物的省思。他之所以反省，是因为厌倦了为死者的事忙碌，他发现自己想着活人，想着自己，想着所有侵入高原的人。

因为工作上的关系，这个人近来接触了物理学家、航天员、天体物理学家、宇宙学家。听他们谈起银河潮汐、绝对磁性、太阳风暴、脉冲星、类星体、宇宙射线、星际分子，当然还有黑洞。隐形的物体扭曲了空间和时间，基本物体的碎片被圈在引力的范围里，什么都逃不掉，除非能够达到或超越无法达到的光速。现在最叫他惊讶的，是这个区域的定义，这个毫不留情的地平线，它叫作"事象地平线"（event horizon）[1]。

困扰他的是相同的名词以及被用来指称宇宙之重要的事象（event），这些事象虽然遵守基本物理假设的系统，眼睛却看不见。其他如事象的集合点，将这些死者活人都带到这个地方。牧人回来看到这一幕忧伤的景象。城里来的警察带着一位警官处理意外。记者不超过两人，被派来此处看看是否有值得一写的受害者。另外困扰他的是"地平线"不只用在环绕高原的树林、山岳和海洋上，还用来称呼分隔我们的世界和黑洞引力场的那条线，也因此这些遗骸被这个世界割舍，而且黑洞可能根本不是黑色的，而是不比原子大的一团火。他读过这类叫人目瞪口呆的事。现在想起来，和周遭的事件一关连，真是颇为讽刺。坠毁的飞机上的乘客也被包围在这片风景里，上面放射着他们许多小事件的地平线。

这个人没注意到新闻记者走近，只顾埋头思考。没有人知道他是谁或者他在那儿做什么，他们有问题问他。那人说："问吧!"在这时刻，这好像是拯救自己的唯一方法。光线替他解围，云层加厚，形成铅灰的影子笼罩着高原暴露的景象。那人想，真是普通的布景。他用半认真的语气回答问题，同时让眼睛"摇摄"四周，再往上探，看着云层，望着云层背后。

两万或两万五千英尺高的天空总是蓝的。然后蓝色停止，深点的蓝色接手，越来越浓。一百三十英里以上的天空是黑色的。星星、银河、星云、星团、无线电波银河系，亿万光年之远，几乎完全布满气体和星尘。而这一切都以疯狂的速度离开我们，但不只是从我们这儿离开的，因为撤离是相互的。如果这撤离是漫无目标的行进，那意味着宇宙是开放的、无限的；如果有一天它停止了或改变了方向，那它就是封闭的、有限的。总之，即使是宇宙，也有它的事象地平线。有了这个特质，那才是极限的地平线，所有的地平线中的地平线，那儿没有其他事件，再没有任何事情。

也有人说：如果人得以超越他所能了解的，那天空的目的地是什么呢？

注　释

1　"事象地平线"（event horizon），物理学上又称为"极限地平线"（ultimate horizon）——这是一个边界，指在黑洞里，理论上任何音讯都无法逃逸。黑洞的内部动力生产的极限（或称动力表层）就是"事象地平线"。在那里引力强烈无比，没有任何事物能够逃离，就连最高动力的粒子或光波都逃脱不了。一个粒子若朝这个"事象地平线"运动或跌入其中，看上去就像停止了移动，因为它进入了一个引力已经把时间凝固的区域，它会消失在名称滑稽的"大坍缩"（The Big Crunch）里。

安东尼奥尼对宇宙学和天文学的兴趣由来已久。他在《奇遇》映后戛纳著名的访谈中评论道：

> 想想文艺复兴时期的人，他的喜悦、他的完满、他各方面的活动。这些人博大精深，能通工技，同时又富有艺术创造力，又能够体会托勒密式人的圆满。然后人类发现他的世界是哥白尼式的，是未知的宇宙里极端有限的世界。而今天新的人类正在诞生，充满叫人联想起怀孕时期的各种畏惧、恐怖、疑虑……

安东尼奥尼在其第一部达到正片长度的电影《爱情编年史》（1950）中，引用了相同的宇宙学（当然是后哥白尼时期）背景，那也正是孕育现代人之无常变幻和文化不安的背景。电影里的一对情人在米兰天文台相遇。和他们的低喃相衬的是讲解员的声音："宇宙正在扩张，从银河的孔隙里，我们可以瞥见……"安东尼奥尼自己声称，肯尼迪总统在被刺杀前不久，曾经允许他参加太空飞行。在《夜》（1961）中，业余的火箭设计者说起登月的事。《红色沙漠》（1964）原来的剧本有一段幻想段落——一只风筝被卡纳维拉角发射的火箭扫落。《一个女人的身份证明》（1982）的最后一个镜头也是科幻的玄想：一个看起来像星状宇宙飞船的物体急急撞向自己（也是幻想着的导演）在太阳里的自焚——或者是个人的"事象地平线"。所以现在的"核子—假设"、人类的事象地平线——死亡，和各向同性收缩的宇宙里的宇宙事象地平线平行，每件事物都移向无限或者有限的"地平线中的地平线"。——英译者注（＊如无特殊说明，本书注释均为英译者注。）

南　极

　　南极的冰山以每年三毫米的速度朝我们的方向移动。计算它们何时会碰着我们，就像期待在一部电影里会发生什么事一样。

两封电报

　　她在乡间富裕的环境长大。她的乡间就像意大利北部的田园，湿润肥沃，但比较崎岖。她的童年充满禁忌，她因此变成寡言的女孩，欠缺讽嘲的个性，也没有女友。她自有敏感的层面。有时耽溺在自己突发的热情，以及可能会发生的事情里。现在她是个拘于快乐与不快乐的女人，而快乐与否几乎总为了相同的原因。一个需要冲突甚于和谐的女人。大自然的无动于衷是她年少时戏剧性的发现。光是观望那些广大的绿色和黄色的景观是不能满足她的，她要成为其中的一部分，打乱它们的波浪起伏，以及它们的抑扬顿挫。天空里的风不同的动作是她感到挫折的原因。今天，她四十岁了，每当想起应该有人继续过着她如此那般的生活，她就觉得被出卖了。

　　她不喜看人，尤其当他们吐露太多感情的温暖时。她憎恶感情丰富的人。她丈夫最讨她欢心的是他前额的大小，因为它给她一种剽悍的感觉。关于人和物，她对丑陋有种温柔可亲的想法。她希望和别人的关系能不必太受限于成规。她希望别人总带点醉意。可是她的丈夫很节制，一般而言都很节制，不知享乐为何物，即使行房事时也是郁郁不欢。她因此背叛他。她并不爱一初识就跟其私奔的男人，第二次她跟男人私奔却为了相反的理由。她是以自己感情为耻的女人。她隐藏感情、伪装感情，因此背离了感情。她甚至不确定自己是否感觉得到它们——这些感情，也许对她无用。她尝试以别的事情来取代感情，例如参加宴会。宴会里的客人赤身裸体，沉溺于性交，她甚至让一位女友十三岁的儿子初尝禁果。

这件事改变了那男孩和她自己的生活。男孩的父亲很庆幸他的儿子在房事上开了窍。但不太高兴这事是由一位和他同年纪的女人做的。为了摆脱她，他和她绝交。为了努力重燃友谊，她犯了最糟糕的错误：她几乎不知道自己在做什么，就把自己给了他。可是那位父亲明白得很，他尝到了滋味。可是在这节骨眼儿上，她抽身了，为了坚定态度，她向他的妻子坦白所有的事情，也就因此失去了那位妻子的友谊。

从那一刻起，她把自己关进一个崇高可敬的世界，隔绝不贞、欺骗、离经叛道。她找到一份适合她化学学位且严谨的工作。她的办公室在一栋摩天大楼里。预铸的墙、铝、平板的玻璃、霓虹灯。一片完美的灰。

我第一次遇见她，她只是个路过加油站的女人。加油站有很多亮晶晶的板壳。每次这女人看见自己映在上面的影像就很惊讶。她四处张望，仿佛是受到惊吓或是在赶时间。她叫了五加仑，然后三加仑。她拒绝让人清洗车窗。她打开皮包，关上，又打开。她付了钱，动作笨拙。她的衣着品味差得无可救药。

加油站离她办公室只有两分钟车程。这女人把车停在大楼预留的车位，乘电梯上去后，坐在桌前。从大窗户看出去，就像宽银幕上一幅棱角突出的城市景观，摩天大楼的颜色冷硬。成千上万从未开启的窗户，等待太阳照在街道时，一扇接一扇地复活。这女人稍后才叫秘书查阅信件、打电话。她一旦开始，这些习惯动作和熟悉的环境便会帮助她恢复自我控制。她的同事和职员也温暖地带领她朝着那个方向前进。事实上，他们还有办法让她笑。冷静渐渐占据了她。

她去加油站之前，有人敲她的门。秘书拿了份电报进来，她用剪刀把电报打开，然后把剪刀放在办公桌上，阳光正好凝成一点在前进当中。她没看电报。坐在那儿看着阳光爬向剪刀。电话铃响。等到女人决定接电话时，阳光已经越过剪刀，接近桌沿了。电话是她丈夫打的，问她收到电报没？啊，是你发的？她有些恼怒自己竟然幻想电报中理所当然会有些亲切的话语。她毫无理由认为应该如此，但是这个想法就这么跑出来，一种和现实有所冲突的预感。其实她丈夫有其他事要告诉她，某个非常不适合用电话话筒那金属音色所说的事——离婚。

女人没说什么。她真的找不到话说。有张脸在你面前时，话才有意义，你可以回答，或逃避、转移话题，或不说话。可是她直觉地掉转头，她的嘴不再靠近话筒。和丈夫的联系断了。他听到的只是无尽的困惑。

她挂上电话，眼光落在电报上。她刚才听到的话在此重复，最后一句话颇具讽刺：吻你，这是我们唯一能够诚实、正当做的事。

女人就在此刻前往加油站。

办公室里已经入夜了。再过一会儿，外面就会暗下来。颜色快速流失。外面阳光的折射使得玻璃无从反映内部，这景色说明了自身的写照：停滞、漠然。

如果能找个好理由，女人会乐得出去。可是她丈夫在家等她，他显然在顾虑他们见面后的情景。好吧！就算他在家吧！就算他在等她吧！他是她最不想见到的人。

职员都走了，他们来道声晚安后就走了。在不断侵袭而来的沉默里，她合上双眼，倾听车辆来来往往的声音，还有风在呼啸。她所在的位置，高高在上，经常有大风。是风把汽车的嘶吼和其他延续很久的呼啸声席卷上来的。又是这风，把这摩天大楼弄得左右摇晃，把她搞得有些头晕目眩。

女人移动了几步。她注意到自己走向窗户边的茶几后，脚步加快，走去点亮灯罩下的灯。一束暴戾的光跌在桌上的阴影里。这一刻的组合——茶几、扶椅、灯罩、女人——清清楚楚反映在窗子上。办公室其他的部分都笼罩在黑影里。女人伸直身子，沉沦在黑影里，走向办公桌。到了办公桌，扭亮头顶的灯。这些聚光灯是用来照亮周围区域的。照亮这些区域后，每个空间都投射在窗户里和窗户后，还有窗户外。好像女人把办公室一片接一片地丢出窗户，也包括她自己在内。

也许她真的想像安徒生童话里一样，能在空中盘旋，好靠近在对街摩天大楼那些长方形窗户里移来移去的男人的影子。那是一栋非常高非常暗的建筑。但是一到晚上，一片白色浸浴着它，遮去鬼魅般的空虚。那不安的影像令女人感到难以理解的忐忑。她知道占据那层楼的公司行号，但不晓得那男人是谁，她从来也不曾去过那间办公室。不管他是谁，他的存在好像对她有莫大的价值，是什么价值呢？她不知道。现在最重要的是防止他离开——好像他打算如此做似的。不论什么代价，都要把他留在那儿！她摊开电话簿，找到那家公司的电话号码，拨了号码，等了十三响，然后把话筒放下，仿佛那是沉重的负荷。她的手酸了，手搁在椅子的把手上休息时，目光落在她丈夫的电报上。她马上抓起话筒，拨了另一个号码，三个数字。过了一会儿，收拢眉头，微扬声音，好像对待秘书一样，她口授了一封电报。住址是对面的大楼，内容只有一句话，其中包括"立刻"这两个字和一个电话号码——她自己的。

一小时之后，电报送到了。她看见那个男子站在窗前往外看时就知道了。显然他想认出她是谁。她背后所有的灯都亮着，她的身影必定非常突出。实际上那男人的确看见她了。但不像她所预料的赶去打电话，他把窗户推得半边高，将电报丢向虚无。

电报纸怪异地滑到中间才往下落，翻飞跌下无底的深渊。一阵更强的风弄得纸张打转，不过是一转眼的工夫，电报不知怎么把自己从涡流中解放出来，躲进楼与楼间的角落，然后又被吸走，往下落，被霓虹灯击中，同时和一个模糊的声音一起滑开。所有在外面进行的物理定律好像都在联合对付它一样。女人望着它，直到它消失。即使事后，她仍注意听着。她要听到电报落地时细微不可察的钝响，接着立刻被垃圾车载走——还有她所有的希望。

那男人消失了。女人回到办公桌前。过了一会儿，睡意来袭，她打起盹儿来，头靠在胳膊上，一道光照过她的头，她好像睡在窗户后的深渊里，在一个被摧毁成碎片的办公室里。她睡着时，下起雨来了。

雨一直下到天亮。空气并未因此而洁净，雷电反而污损了它，在玻璃上留下一层灰尘。从灰帘中看，景色好像失了焦，不真实。用手指轻敲窗户，景色移动了。博尔赫斯会说，这个女人在为非真实的世界受苦。她甚至无法厘清自己的感觉。稍早几个小时的虚空被模糊但顽强的知觉填满，她还想起她生命里一长串的挑衅。想起大自然的冷漠——她从小就为此折腾，想到诸事诸物的冷漠，连最平常的东西也包括在内，例如她写字的笔、剪刀、房子的钥匙、她的房子。还有比住着别人的房子更让人感受到被排斥的吗？那些绝对冷漠的房屋主人。

他们有些很快就会来到办公室了。她的秘书、职员、警卫。像陌生人一样。前一天，他们引导她冷静，以便保持他们自己的冷静。如此这般的推想叫她好像茅塞顿开，她对丈夫所有的怒气和怨恨都消失了，慢慢地转移到他们的位置，像黏稠空气里的一阵烟，一个新的感觉，一种新的怨恨，一种令她越发吃味的怨恨。

我没拍这部片子[1]，因为有时候这女人的角色——我相当熟悉的事——叫我感到不悦，终至无法接受。我每次重读这个故事都会这样。我从中引出的推想是不同的，甚至倾向政治，或者说，在叙述以及视觉的层面上看来，我喜欢，但在观念上则不然。

不过如果我要拍这部影片，它就会是属于这种夜晚的，这种寂寞交集、里外关系纠缠的电影。其中的一幕高潮戏，我们看着女人抓起剪刀走着，站在门边。办公室发出早晨第一片声响——脚步声、说话声。有些脚步渐渐走近，停在门外。有人已经走得这么近了。不止一个。她听见他们低语、呼吸。不出几秒，他们就要进来了。

女人双手抓紧剪刀，举起胳膊，准备出击。不管是谁。反正会是他们其中的一个。

注　释

1　据称这是安东尼奥尼要在他下一部电影里采用的构想。

沉　默

简短的对话一开口，解开了丈夫和妻子之间隐藏多年的破裂关系。日常的生活习惯，日常性的伤害。但现在——借这机会——他们至少要开始坦白，女人要一吐为快。

"全都完了，承认吧！所有的事都该敞开来，我们才知道该怎么做。这足够让我们知道我们到底想要什么。不是吗？回答我！是不是这样？"

丈夫点点头，不发一言。她也沉默不语。现在所有的事都摊牌了，他们都很诚实，再也没有话好向对方说的了。

丈夫和妻子彼此都无话可说的一个故事。可是这次拍的不是他们的对话，而是他们的沉默，他们沉默的话语。沉默成了说话的负空间。

这污秽的身躯 [1]

我所借过又不曾再借的书中，有一本是我最想重看的。白色封面，黑色标题，看起来像墓碑。因为书名也是如此，听起来像墓志铭——《我的喜悦》，是位闭门潜隐的修女的日记。修女是美国人，隶属卡梅尔教派。我对苦行不感兴趣，对非理性也不感兴趣。但我相信单单用理性是无法解释现实世界的，例如理性就无法解释出世的潜隐。

我想尽办法说服一位深具影响力的僧侣让我假扮成石匠，从而得以进入一所遁世的修道院。在数道墙内生活几天，去呼吸使那些弃绝生活的女人存活的空气，这对我来说像是走出第一步。那位僧侣欣然同意，而且还找对了地方——在意大利北部城市的一所小修道院。但他并不认同那些修女是弃绝生活的女人这类说辞。他是个有修为的人，进退维谷的窘境逃不过他的眼睛。一方面，所有的事物都赋予我们为何存在的意义；另一方面，也在否定这一切有其意义。而更甚者，是深切地鄙夷我们的价值观、我们的目标、我们的感情。

他们（那位僧侣和其他人）解释遁世的修道院是祈祷、牺牲和爱的社团。如果想在现实世界找到这三个名词的存在，我们就得知道祈祷、牺牲和爱的意义。遁世的修女在世上集结有其渴求，可将之诠释成和上帝对话。好像有一千个理由显示，把生命耗费在自愿性的隐居上根本是徒劳无功的，全力奉献以救赎世界的本质也是虚幻的，其实这是逃避世界最绝对的方法。然而，在宗教的旅程上，事物是否有用并不能依据我们对现实的观感，或就我们的习惯来衡量。如果这些修女选择的是拒绝回答这种戒律的话，那她们又能给予什么样的答案呢？要了解她们的生活，难就难在不能依赖戒规的严厉或者她们体会戒规的方式，而是依赖我们——我们不愿停下来去思考她们经验的神秘性。

　　这不是新鲜的话题，但我也不想争辩。其他人也曾说过更权威的论述。而且，这种争论会把我们带离主题太远，可能跑到印度或更远的地方。十六世纪时，一手创建卡梅尔教派的圣特雷莎提到她在祈祷时的狂喜，好像灵魂并不在躯体里，所以躯体失去了自然的热度，逐渐变冷。她只是说明一种类似印度神秘主义者打坐时狂喜入迷的状态。当时东方人修行的目标显然和西方神秘主义者相同。自我的灭绝以及和上帝合而为一。荣格警告过我们，会问这种问题正是心理学的目标。好极了，我记不得谁曾说过，除了个人的疯狂之外，什么也没有。如果每个人都疯狂了，那就是每个人都神志清明。何况，吸引我的毕竟只是隐遁生活的外表——我甚至敢说是视觉上的。也就是说，严厉的戒律使人窒息，简直荒谬。

　　早期赋予遁世修女的渴望而饱受苦难和羞辱的特性已经消失了。现在没有修女会把脸埋进粪屎里，或用擦地板的破布来清洗姊妹的舌头。修道院已经现代化了，修女觉得自己和其他女人一样。我把这个问题塞给一位修女，她说："我们当然像其他女人。处女、奉献的女人、结婚的女人、为人母的女人……就像肉体一样，人也可以给予精神上的新生。正常的母亲给予孩子形体的光；精神的母亲——如果她是真的——就给孩子另一种光，一种没有夜晚的光，上帝的光。我知道这对你来说简直是胡言乱语，但其实不是。有一种爱的方式很纯洁，不为自己求些什么，只求别人好。贞洁就是这种爱。"

尽管现代化了，有些非常严厉的戒律依然流传下来，例如晚间祷告和在复活节期间斋戒的戒律。如果修女想鞭身或穿粗麻布或马毛衬衣，她可以自行去做。从访问的十四家遁世的修道院中，我体会了解到的印象是，连私人的友谊——被圣特雷莎称作"忧郁的事情"——如果在谨慎的限制范围内，也是被容忍的。在从前，修女要是违反这些限制，就像叛教一样有罪，是要被关进牢中的。今天她们不会再被关进监牢了。这在一些文字记载里被提到，但只存在于公元一千五百年至一千七百年之间，在那之前之后都没有。现在不再引用惩戒的方法了。如果修女犯错，院长会通过谈话纠正她，如果她继续犯错，院长就为她祷告，但不会有更进一步的措施。也就是她们坚持爱，坚持怜悯，misericordia（译注：词源是 miseris cor dare，意为"给受苦者同情"）。

另一项仍然有效的戒律是修女不准在服装、床铺或自己的东西上铺张色彩。如果院长看见修女系着一件什物，她会要求把东西拿走。从前戒律还禁止触摸修女，或者进入她的居室。戒律要求每个人独处。禁止谈起在餐厅里拿到的食物。我在一家女修道院时，掀起了盖在修女饮食上的餐巾。下面躺着一个番茄、一块面包、一片柠檬，还有一个苹果。这是一家以严厉出名的修道院，在那儿，沉默是另一条戒律，心里的祷告胜过口头的：即使有声音也必须沉默。圣特雷莎建议：苦难或死亡应该是我们的欲望。

这段冗长的前言代表着日记里一段记事的内容，我想以此开始我的电影。想起这段领悟，我添加了一些色彩，但我尊重它的真实性。

今天我又问自己怎么会被这类主题吸引呢？我相信是这个记事最后的结语唤起了我。那个句子在主角的心里燃起飘忽的光，让他瞥见一座深渊，从中升起的不是在许多深渊里升起的永恒之感，而是俗世的景象。一座花园深锁在危墙之内，充塞着无用的花朵。苍白的修女常常生病，但是充满肯定上帝之爱的喜悦。头顶上是蔚蓝的天空和太阳，像是可恨的讽刺。

圣诞节前夕，一个多雨芬芳的黄昏。"芬芳"不是电影的形容词，但我相信电影连这种感觉都可以弄得出来。那天太阳落在远方那看来无害的云朵背后，在雨后有一会儿时间才落下，歪斜地打在墙上。那气味是湿灰的泥墙和柏油的气味。

一个男人走下一座雄伟建筑的台阶，穿过庭院，打开正门。他没走出去，站在那儿看着街道和天空。他很年轻，三十出头。那天快要结束了，是快乐、活泼、刺激的一天。菲茨杰拉德[2]会说这是充满想象的电报的一天。即使连他背后的脚步声也有其联系。他回过头，是个面带笑容的女孩请他让路。年轻人让到一边，女孩经过他身边，开始往人行道走。她穿着一件并不暴露身材的雨衣，也许是副好身材呢！她步伐很大、很平稳，无声无息地走开，像无声电影一样。当她走过年轻人身边时，他想抓住她的目光，但没有成功。他不能说她在逃避他的注视。她只是把眼睛转向别的方向。

　　同样自然地，她让他追赶上来。她并没有加快脚步，也没有做出恼怒的姿态。连年轻人——现在在她身旁——也没有向她搭讪。如果她认为他讨人厌，看一眼，就够清楚了。但她没有抬眼。那正是件奇怪的事，她一直没看他。她不需要由他的脸来安定心神。这个奇怪的女孩需要的不是安心。她浑身好像散发着一股近乎冷漠的沉着，一种冷静布满她周身的空气，布满街道。实际上，年轻人已经注意不到雨了，也没注意到气味。他们之间的对话也一样沉静，问题也是——"你要去哪里?"答案是"做弥撒"。"几点呢?""快午夜的时候。""我们快点好吗?"——她说。好像年轻人要和她一起去教堂。

　　教堂里人并不多，但这些人给那儿添加了不寻常的生气。等候仪式开始的时候，他们聊天、说笑、交换远来的问候。奔跑的孩童、咕哝的老妇和从滑雪坡晒黑回来走上走下的年轻人，匆匆寒暄。声音部分是压低的嘈杂声，由尖锐的几个音加强重点，那会使录音机仪表的指针跳起来。

　　女孩在一排空着的板凳上坐下。动一下手，匆促的一瞥，让她的同伴明白她宁愿独处，然后跪下。整个弥撒过程，她始终是跪着的。

　　年轻人是不上教堂的，他根本不信。他看着那个身影以祈祷者的态度蜷曲着，动也不动，然后等她移动，等她转头。任何表示兴趣的征兆都会是莫大的快乐。但是征兆没有出现。年轻人放弃守候，任他的心到处游荡。那些人，主持仪式的僧侣，夸张老旧的吊饰，圣乐团一成不变的声音，接着是出人意料的沉默。高举圣饼时要垂下眼睛，他老觉得不自然。圣餐杯和圣饼不是为了让信仰的人表现崇拜吗？那为什么不看着它们？但现在不是那些东西吸引他，而是那女孩，还跪在那儿，动也不动。对他来说，她是无从捉摸的，好像是中空的。一件空的雨衣，身躯被丢掉。圣特雷莎说："这污秽的身躯。"也许她正屏住呼吸？这么久吗？他试着模仿她。三十秒钟，一分钟，一分半钟，他办不到。她死了。

但那女孩专心于自己长久的跪拜，这种景象打动了他。他知道，因为血开始在血管里涌动。这种感觉从前发生在他和其他女孩子的身上，当时他服了迷幻药，有些昏然，一种相同的冲动，想要与她们结合，和她们合而为一，同时又感觉到被拥抱在一种奇异满足的知觉里，意识到自己的存在。一种没有热情的福祉，但极度紧张。

他的心游荡着，唤起其他时刻的记忆，女孩不见了。板凳是空的。年轻人跳起来，离开教堂。每个人都在那儿，活生生的，他们熙熙攘攘，他们饥渴，在这一幕里寻找那女孩是没有意义的。他的胸膛因为凄凉的焦虑而紧缩。他真想咬断自己的手指，让她这样溜掉真是白痴。他连她的名字也不知道。但他知道她住在哪里。他开始奔跑起来。

他看见她时，女孩正溜过街角。那天晚上，他再度追上她，她笑了。她的眼睛发亮，好像抽了大麻。

她说，我要回家了。她径自往前走，步伐缓慢。年轻人在她身旁觉得很快乐。如果有人告诉他，那女孩不是生来任人拥抱的，他会当面笑他。

回家的路很短。突然有扇门。女孩停下脚步，抬起眼，正眼看着他。现在他才注意到她有非常性感的身材。好像他从不曾如此渴望拥有一个女人。但这是不同的欲望，含有某种温柔和敬意。他想这真是荒谬。然而他的声音颤抖，控制不住，他说：

"明天我能见你吗？"

在回答之前几秒的沉默里，她始终微笑着，说话时，声音里全然不带任何感情。

"明天我就要进修道院了。"

对一部电影而言，这是多么叫人吃惊的开头，然而对我来说，电影到此结束。

注　释

1　这一用语出自《圣特雷莎的一生》，卡梅尔教派的信条"Patire o morire"（苦难或死亡）。《综艺》（*Variety*）杂志（一九七八年十月四日）报道安东尼奥尼正开拍一部新电影，以宗教主题为依据。"拍片计划的名称是《苦难或死亡》（*Suffer or Die*），是他的原创故事和剧本……在一项非公开的访问中……安东尼奥尼说这部电影将反映今日特别艰难的社会里一些主要的存在论难题，还将彻底表达主角对上帝的探索——主角原不相信上帝，但渐渐改变了。"《这污秽的身躯》的叙述表达得很清楚，不是安东尼奥尼而是他的主角转向了宗教。一向公然宣称不信教的安东尼奥尼，对形而上学长期的兴趣固定在与宗教有关的主题上——就像在《过客》中，洛克的世俗"朝圣"和"热情"——早期他对形而上学孕育的"天职"会在传统已设立的宗教里找到正常化的角色，但现在却没有。《苦难或死亡》已写成剧本，可是由于经费的问题，只得放弃。

2　菲茨杰拉德（Francis Scott Key Fitzgerald）是安东尼奥尼所说影响他最深

的四五位作家之一。《奇遇》中这类影响清晰可见：在片子开头鲨鱼造成的恐慌就是模仿《夜色温柔》（*Tender Is the Night*）的开头场景。安东尼奥尼的山德罗（Sandro）明显和菲茨杰拉德的狄克·戴弗（Dick Diver）是近亲，安娜（Anna）不见了的书里有两本：《夜色温柔》和《圣经》。

混　战

　　阅读一则记载，讲的是博尔赫斯遇上一场回教教徒和印度教教徒之间的混战，故事主角因而受到牵连。据博尔赫斯所言，这一场庞大的混战，有三千人互相殴斗。

　　我回想起另一段（有确证的）记载，时间倒流到一九六三年，在罗马的最后一晚。一百个人挥拳互殴，没有人知道为什么。

　　既然参加的人不是政治狂热分子，导火线必然是很不同的吧，可能是很无意或只是些琐事。我有个想法，一旦有这么多人卷入的话，就不容易指认对手，也不易弄清楚打架的真正原因。那原因分裂成更多的其他原因，在很小的范围里打转。

　　我看见他们——那些头脑发热而临时加入的群众——卷入混战，却不知道为的是什么。他们受到一股秘密暴力的怂恿，并不需要原因。

　　一部结束在黎明时肮脏荒废的罗马的影片。

不曾存在的爱情故事

九月底，平原的夜来得十分轻巧。车前灯不经意亮起时，白天就结束了。稍早夕阳在砖墙上洒下一片魔魅的光，那是城市极抽象的时刻，那是女人出游的时分。宝谷（Po Valley）许多城市的女人是现实世界的一个族群。男人为了见她们而等候至黄昏。这些男人非常喜爱金钱，也非常狡猾懒惰，迈着沉闷的步伐。如果金钱叫他们不安，那么女人则抚平他们的不安。在宝谷，男人带着嘲讽爱女人。日落时分，他们看着她们走过，女人也知道。夜晚，你看见成群的男人站在人行道上谈天。他们谈女人，或者金钱。

我想拍的电影是有关费拉拉（Ferrara）那个地方一男一女的古怪情事。只有不是这个城市土生土长的人才会觉得奇怪。只有费拉拉的居民才能了解一段持续了十一年却不曾存在的关系。

这部电影最初的构想和我现在要说的不一样，是某个通宵在街角闲聊时，有个朋友所提议的。那是个出了名的街角——沙瓦南罗拉大道（Via Savanarola）和普雷索罗大道（Via Praisolo）交会的地方。我们的头顶处有句纪念性的铸语："在此，最卓越的诗人兼语言学家埃尔科莱·迪蒂托·斯特罗齐（Ercole di Tito Strozzi）在夜色里惨遭袭击倒地。一五〇八年。"这是另一个故事。

在朋友的故事中，主角是个年轻人，他爱慕一个女孩，可是那女孩并不回应他的爱。不是她不喜欢那个年轻人，其实正好相反。直觉让她说"不"。然而年轻人还是继续追求她，顽固地追了几年。城里每个人都知道，他们紧跟着这对男女的进展，不时在谈论他们。可是女孩坚持拒绝他。直到有一天，天气很好，她投降了。年轻人带她去他的单身公寓，脱掉她的衣服，她让他做了。她变得驯服温柔。他准备好要拥有她。就在他要做的关头，她退缩了，对他说：

"我打败你了。"

她穿好衣服，没有再多说一个字就离开了。

这句加强语气的讥讽语注定要在费拉拉爱情韵事的纪事上大出风头。从这句话开始，这两位奇怪的爱人的故事才真正开始。

除了在街上不经意地相遇之外，两人之间不曾见过面。但对每个人而言，她仍是他的女孩，他是她的男人。两人都有其他的情事、其他的情人，但两人都没有结婚。总而言之，或者拆穿了说，两人互相以抽象的忠贞酬答对方。我相信在他们有生之年就一直如此。

我碰巧看到吉尔塞培·雷蒙迪（Guiseppe Raimondi）的书《埃米莉亚记事》（Notizie dall' Emilia），我注意到其中有一个故事跟那件情事十分神似。也因为这样，我的职业习惯使得我想出第三个故事来结合两者的精要部分。我把故事写下来，还借用了雷蒙迪的一些话。文学是禁止如此的，但电影则不一样。因为在剧本里，文字若不是用来做对话用，而是描写内心的情境或意象的则不算，它们只是暂时被用来记载拍电影时需要知道的事。

这是我第一次允许自己接受过去的诱惑。银幕总是在玩弄历史。有些导演成功地把他们心目中的历史景象拍得真实可信，他们是爱森斯坦（Eisenstein），黑泽明，拍《安德烈·卢布廖夫》（*Andrei Rublev*，1966）的塔可夫斯基（Tarkovski），或者拍《安娜·玛格达丽娜·巴赫的编年史》（*The Chronicle of Anna Magdalena Bach*，1968）的斯特劳布（Straub），以及拍《路易十四的崛起》（*The Taking of Power by Louis XIV*，1966）的罗西里尼（Rossellini），或拍《2001：太空漫游》（*2001: Space Odyssey*，1968）的库布里克（Kubrick）。但是，这件最近的事，回忆触手可及。最重要的是，我对根据幻想的纪年史来处理费拉拉这个主意颇为心动，其中一个时期的事件得和另一个时期的混合。因为对我而言，这就是费拉拉。

西凡诺走进电影院时，差不多是五点钟。这是一家老戏院，刷绿的墙，沾满陈旧发亮的光泽，叫人想起青铜的绿锈。放映的电影是一个爱情和政治的故事。不管有没有爱情，西凡诺都喜欢政治电影。他已经看了两遍《一代奸雄》（*All the King's Men*，1949）。第一卷胶片放完时，灯光大亮。每个人都在张望，西凡诺也一样。好奇和挑衅的目光交错着。其中一个目光使西凡诺振奋，激发他回顾。在死寂的中场休息时间，那存心淘气的眼光暗示着对他的召唤。目光来自一张并未透露年纪的脸，超过三十岁吧！那女人张望着，也让自己被他人张望。好像在问：你不记得了吗？

西凡诺混乱地记起来。当时每件事都顺着他的意思，连面孔也如此。而这张脸他却无法定位。但室内再度恢复黑暗的时候，一阵强烈的感情涌上他的心头。在陈旧的一年结束，尾随着全新的一年，十一年了。忽然之间，那个模糊的费拉拉女孩新古典的侧影回到他的眼前。

一个十一月的早晨，一列小火车穿越平原朝珊瑚礁去，那些地区的海变得很丑陋。可怜的太阳，好像工人一般正等着他，他们才可以加长排水沟。一个火车站，一辆出租汽车，一条泥泞的道路。路上一个女孩子推着脚踏车朝他走来。西凡诺停下车来免得溅起泥浆，女孩转过头谢他，声音缓慢而严肃。

年轻人在城里的小酒馆留宿，现在那儿已改成吃饭的地方，他下来吃饭时看见女孩在那儿。有些桌子有桌巾，有些没有。工人们坐在没桌巾的桌子旁边。他们边玩牌边吃南瓜子边喝酒。西凡诺走近女孩，他们开始攀谈。然后沉默地坐了好久，之后，他们一起走出去。即使月亮也在助西凡诺一臂之力，白色的月亮散发着烟霭，像是不透明的窗户。两个年轻人又开始交谈。他说了些自己的事，她告诉他自己的教师生涯和贫困的童年。她叫卡门，二十四岁。他们的话里有些感伤，但并不多。在湿热的夜里握手，把别人认真地当一回事是很愉快的。珊瑚礁的水是铁的颜色。他听到一声枪响，那表示偷鱼贼被发现了，正被追赶。

两个年轻人极为自然地亲吻，又恢复谈话。他从来不曾遇过一位能够如此自然地敞怀而谈的人，他也从没想到那可能会是位女人。而她竟也对一个男人有那么多话可说。这里的人并不多话。实际上，当他们回到旅馆，她也被安置在一个房间里，他们沉默不语，好像话都说尽了。在楼梯上，他想开几句玩笑来打散正在发展的浪漫气氛，或是想证明他的耐心，那也是爱的征兆。当他问起女孩的房间在哪里时，她坦白地回答，在右边的最后一间。然后她走开，把大衣腰带束紧，一个叫她更苗条、更谦卑，也有些屈服的姿势。她在门前回过头来，仿佛在说：我等你。西凡诺从远处对她一笑。

接着他进入房里，很快乐也很平静。他用冷水洗脸，开始宽衣，什么也没想。连他也不晓得为何那女孩给了他那么强烈的男性的满足，或者他现在的心情受到她很大的影响。他好几次开门出去，想去女孩的房间，然后又一次次地把门关上，想着这样太快了，要给她时间才公平，表现得没有耐心就不够男子气概。他的行为有历史为之辩护。我们得记住他出生的城市曾全然丧失意志力，经过了多少个世纪的控制——教会的控制。

西凡诺躺上床，进入梦乡。夜轻盈地流逝。第二天早上起来，他下楼到大厅。他们告诉他那年轻小姐还在睡着。西凡诺想起花，可是沼泽不长花。他看见餐具架上有盘梨子，便请经理把那盘梨子送给那年轻的小姐，并附上一张他写的字条。

那时候，费拉拉有股神秘迷人的气质，混合了漫不经心和贵族的气息，把自己奉献给当地的居民，也只限于他们了。农人每个礼拜一聚集在教堂广场做生意。活力十足地三方握手，结束讨价还价。第三只手是中间人的。之后整个礼拜他们就消失了，留下模棱两可而聒噪的话语和陈旧的诉讼飘荡，把律师养得肥肥的。律师都工作过度。人们尊敬他们，畏惧他们。其中一位是地方报纸的剧评家，他和其他几位专业人士总是出现在县长邀宴的名单上。那时县长被视为第一公民，常常在官邸举行舞会。被邀请是一项恩宠。每年佛罗伦萨骑士团都会主办赛马，最后一天是阿拉伯马背竞技。那些阿拉伯人来自利比亚——当时是意大利的殖民地。他们穿戴白色的头巾和衣裳，骑着小白马，在滚滚黄沙中挥舞着月形弯刀。也有阅兵表演，因为是慈善演出，贵族也来参加。近黄昏的时候，较低阶层的女孩踩着脚踏车离开工厂，她们的裙子在风中飞扬。有许多女孩很漂亮，漂亮是因为快乐，快乐则是因为她们要去会见在旧城墙上或城墙后苎麻田里的男朋友。绿色的苎麻花扬起春情的花粉，落在城市里，叫人茫茫然。连法西斯主义者也发昏了，陷进地方上各种猥杂污秽的酒色里，模模糊糊是方德主义（Frondist）的性情。

我想深入这个主题，但是那时我的制片和我意见相左。他们特别喜欢年轻的中产阶级打网球，游荡在城市里玩那些复杂的寻宝活动，沿着波河乘汽艇，或者在庞德拉哥古罗对面河中央既有异国情调又有无边春色的比安卡岛度周末。那时，那条河开放了，那个岛也露出水面，像是亚马孙的一片丛林。

就在这段时间，法西斯主义显示出某种正常化的趋势，偏好适度的改革，例如电影里的白色电话，受欢迎的舞厅恰如雨后春笋，商业也兴隆起来，可是艺术家缺货。一位名叫德·温琴齐（De Vincenzi）的画家花了不少精力绘制城市和城市周围的风景画，这引起少数知识分子的兴趣，这些风景画笼罩在高更式的蓝天下，点缀着朵朵玉米粥。那些玉米粥是云。很少有人去看他的画展。那时艺术在费拉拉是属于过去的事。

当西凡诺羡慕地看着和他同年纪的年轻人拎着网球拍走过，同时也直觉涌起距离之感，使他立刻忘了他们。而且他正爱恋着一位他难得见到面的女孩。他立刻爱上这位他从来不曾拥有的女孩，他不曾拥有她是因为愚笨的自尊心、受诅咒的拘谨、单纯缺乏意志，或者因为愚昧——他的城市特有的安静的愚昧。他听人说起那女孩。这是个小小的省城，关于卡门的消息像磁石般吸引西凡诺，反之亦然。温柔、焦虑、嫉妒、苦恼——各种表示男女分享生活的情事，这两个情人却全然各自处理。

但渐渐地，根据时间和距离的定律，把他们维系在一起的张力松懈了。例如，西凡诺搬到另一个城市阿德亚去。卡门则听任学校督察把她从一个村庄调到另一个村庄。她有个孩子，两岁时夭折。

戏院里灯亮了，电影结束了。大家急着离开。西凡诺在入口等那女人，看见她时就走上前去迎接她。无须多话。好像他们几天前才分手，没有隐藏的过去。突然升起的一阵急促焦急，此时此刻紧钳着他们。他们立刻到她的住处。一栋摇摇欲坠的房子，前面有些白杨树，白杨树下有些咖啡桌。里面——是个男人的房子。太像男人的房子了，若不是怕流露妒意，西凡诺会马上开口相问。所以他限制自己观察卡门。这个女人穿着比较讲究，这令他心生不悦。他向来喜欢褪色陈旧的洋装，那种不会修饰也不会增添身体姿色的洋装。卡门穿的这件洋装紧紧贴着她的曲线，凸显她脸色里的某种倦意。

白杨的绿意从窗外涌入，带着一股湿意。西凡诺和卡门都觉得饿了，她做了些东西。他们吃东西时，起风了。白杨间的谈话开始。但他们俩沉默无语。也许他了解一旦打开了话匣子，他们的话题、他们的问题会黏上令人难以忍受的重量和不同的感受——悔意、死心、失望、惋惜、愤怒，会代替他们现在所沉浸的甜蜜。他们觉得沉溺在甜蜜里好像沉入高脚杯里似的。卡门告诉他，自己刚从前任情人那儿收到一封信。她的眼睛湿了。她看着西凡诺，好像想说你不像或你从来不像那样。她把手递给他，让他握住，然后笑出声来，也许在笑她自己，或在笑他们横在火腿蛋上的两只手。

事实是他们的故事联结着那么多无意义的时日，不管他们察觉与否，就在此时此地与他们同在。要为他们现在活着的这个时刻赋予意义，需要他们俩都欠缺的想象力：得要——发明——那些所有的分分秒秒、姿势、话语、墙壁的颜色、窗外的树和屋子前墙砖块的排列。

但是西凡诺所能做的就是朝女人走过去，走到她背后，犹豫一下，弯下身吻她。卡门举手推拒，动作犹豫，含意正好相反，但西凡诺退缩了。

能说的不多了。西凡诺选择离开便是其中一项。可能是因为卡门在厨房待得过久。西凡诺走下黑漆漆的楼梯，出了大门。他抬头看着空荡的窗户。两个男人坐在咖啡桌旁，前面放着两碟冰激凌，他们回过头来看他。若不是那两位证人和一个女人的名字"玛维娜"不断在他们的谈话中出现，西凡诺便会走回屋内。他一心想要回去。当他走开时，觉得自己像个演员，扮演别人分派的角色。

他走的街道行人绝迹，斯特罗齐被刺身死的时候，这个城市所有的街道必定也是如此。他的尸体第二天早晨被发现，裹在他的披风里，被刺了二十二刀，头发都被扯光了。十三天前他娶了芭芭拉·多雷丽，和她住在一起。一般的谣传怪罪于艾思特的阿方索公爵,他一直爱着芭芭拉。巴罗蒂(G. A. Barotti)在他的《费拉拉士人历史记事》(*Historical Memoirs of the Men-of-Letters of Ferrara*,1772)中则加强了公爵嫉妒妻子波吉亚的论调。事实上是教皇朱利亚二世因为阿方索和法国结盟而怀恨在心,在艾思特大使面前痛斥阿方索的许多行为,其中还为斯特罗齐之死责怪他。

但这就像我早先提过的,只是费拉拉情事中的一个故事罢了。

你想要……

　　她明知道自己全然伤害到了他。要甩掉一个同居六年的情人可不是开玩笑的。所以她央求他的朋友紧跟着他，帮他渡过这艰难的时期。他们天天像乌鸦般盘绕着他。他们打电话，约他见面，给他写字条，甚至送花给他。这是他生平头一回收到花。当她问起前任情人的消息时，他们都说他平安无事，而她辨不清他们是否说了实话。她想自己确定一下，但怕她的姿态会被他误会成回心转意，结果又得重新开启已关闭的门。奇怪的是他都没有出现过。她开始怀疑他的朋友也许说了些无中生有的话，像是她背叛了他，等等。她决定去找他十七岁的儿子。他是坦白、不说废话的那种人。他忽然打断她的话。

　　"你找他做什么？想干，是吗？"

　　她半个头转向他。吐出严厉的声音——不属于她的声音。

　　"想要什么？……"

　　男孩走出去，重重摔上门。那声音使她明了，毋庸置疑，她的生活已彻底改变了，她又得从头开始。她孤独一人，且无须感到可怜。因为那怜惜对她的生活已一无助益。

海上的四个男人 [1]

三个男人饱受煎熬、又渴又饿、疲惫不堪地抵达澳洲东部新南威尔士的科夫斯港。他们在一条叫艾琳的游艇上漂流了六天，没有食物，没有水。这些人说，游艇离开史帝凡港后，没想到引擎竟然坏了，猛烈的海风逼得他们无法上岸。这还不够，他们又遇上暴风，落得整夜在生死之间飘荡。一九六九年四月二十九日早晨，艾琳号在离海岸八英里远处被发现，它在海上漂流，像一匹尼龙布光鲜洁白。三个困顿的男人正睡在甲板下。

一个人被甲板上传来的奇怪声音吵醒。有人在拉扯东西。舱口方向突然有一声重击，接着静悄悄地，舱门从外面关上了。他赶忙叫醒伙伴，大家一起费尽力气把舱门打开。但是在门口等着的是面向天空的船东，拿着一根铁棍。他用这根铁棍威胁他们，把他们赶回舱里，又紧紧地把舱门闩紧。几个小时之后，他们又用力把舱门的门闩弄坏，三个人这才爬回甲板，可是那人不见了。

七十岁的生还者查尔斯·纽林说他们受雇于船东詹姆斯·陶尔先生——一位五十来岁的悉尼富商——要出一趟历时十天的船。我现在简单叙述文章里两次提起的事，报纸还添加了解释，说陶尔忽然发疯，自己跳进海里。我不相信。

首先，我不相信这些人又饥又渴的谬论。没有紧急备用品、水或没有照明设备，你不可能会出航，哪怕只是短程的。

陶尔也许把所有的东西都丢出船外,那样他发疯的假设才有些依据。可是这件疯狂的事唯一的证人就是这些水手。他们唯一面对面看见他的时刻是打开舱门的时候,发现自己得面对这个拿着铁棍的野人。在那么短促的时间里,难道他们不会把单纯的愤怒误认为疯狂吗?

其次,我不相信年已七十的人会被雇来当一般的水手。如果陶尔雇了他,必然有非关航海的动机。

还有,那三个人虽然土里土气,却不会修理坏掉的引擎,也不会发出求救信号,这点我也不信。太平洋在那部分的名称是塔斯曼海,和通往印度洋繁忙的贸易航线交汇,其他的船若收到信号,就会前来救援。

最后,我不相信一个拥有这样的船的人——这是一条五十英尺长的航海游艇,保养良好的快船——他把生活里大部分的休闲时间都花在船上,又是个爱海的人——我不相信这种人会选择跳海作为自己死亡的方式。这种人知道死在海里得面对一个时刻——那时全世界都换上海浪的颜色打在你的脸上,叫你窒息而死。而且他也知道在那一刻,自己会憎恨海洋的。不,这不是那种人选择死亡的感觉。

但是,诡秘依然存在,或许正该如此。任何解释都没有神秘本身来得有趣。然而,这个故事在我心中盘旋了好多年。我对康拉德[2]有股热情。当我读到艾琳号的故事时,正是这种康拉德的气氛——广阔的海洋,被生命摧残或挫伤的人,但对生命仍然持有清晰的意念——吸引着我。这实在太吸引我了,所以有一天我决定要把它变成电影题材,向康拉德致敬。那时我在新加坡等人,对一个导演而言,等候是习以为常的。我写信给悉尼的《先锋晨报》(*Morning Herald*),询问他们是否知道这件事以及相关者的进一步消息，或者他们有没有办法得知。报社答复说："非常遗憾未能圆满解决您的事，原因很简单，我们没有人手处理这类调查。也许澳洲政府在新加坡的办事处能帮助您和私家侦探联系。"

结果，我和一位相熟的澳洲朋友联络上了。一个月之后，收到了他的来信。那封信无法叫人满意，却有些帮助，因为其中附上了三个生还者的照片，这是他从科夫斯一家摄影社的档案里找出来的。

下面是我看完信后推论揣测出来的，用照片做人相学的推论。

詹姆斯·陶尔是个非常受人尊敬的人，工作认真，做生意从不失误。就这点来说，所有的消息来源都十分吻合，靠着随意自由的年轻岁月的基础，他建立了一个安静的中产阶级的成人生活。富有，但他似乎不在乎富有。贫穷，指的是他肢体上无精打采，他没有成家，但是看起来像是有家室的人。他的解脱是大海。船是他男性气概的道具。

一般人都相信生命有差错时，生活的问题就浮现了，但并非总是如此。一个人事事顺利时，也会有问题困扰他。这并非不寻常，他会突然注意到反对他的人或种种障碍正在试探着他。那正是陶尔的情况。他在一个美好的早晨醒来，觉得周围的世界了无生趣、陈腐、不能孕育生命。他突然渴望海洋。前一天，不管命运好坏，他解雇了三个船员。正是这障碍给他一种新的刺激。他没有跑到一般的介绍所另找船员，反而跑到码头。在介绍所可以找到普通的或中等的水手。然而陶尔却跑到码头的贫民窟游荡，看见了三个怎么都不像水手的人。

康拉德没错，水手就是水手，要不然就什么都不是。可是他在七十年前说这种话是对的。现在事情都不那么清楚了，像招雇水手这种事大都取决于经济的考虑，而不是技术的优劣。就这方面来说，陶尔跑到悉尼的贫民窟找人的动机更是暧昧难明。相反地，他需要的是规范和社会地位之外的假期。对他来说，那三个一无是处的人正是他所需要的。

看着三个人的照片，我想象那个最高最老的人是真正控制影响其他两人的人。他的相貌精明，但不是我们一般所指的精明。他有幻灭和王公般的表情，好像背后跟着几个世纪的岁月，一个没落的贵族，一位痛苦的贵族。中间的那个男人显然有一副嘲弄的表情，源自从天知道有多少历险生还的机会中幸免于难之后，那种满足的表情。警惕的心随时都在为任何主意或冒险做准备。他是三人中的强者，喜欢冒险，不管有没有目的。第三个人是其他两人的奴隶，如果他不能满足他们的需要，一定会死掉。三个真正无所不能的人，即使恐惧得发抖，也不会让死亡的念头碰他们一下。

一个小时后，他们全部在清新、绵柔的碧海上航行。早晨轻轻松松过去了。对陶尔来说，这是个新的早晨。他船员的言谈举止、动作表情和他所熟悉的完全不同。能够从中获取经验好像是上天不断赐给他的好运。三个人花时间做的事完全和航海无关，甚至和常识也无关。出发时，他们嗅出和他们交手的人的气味，他们贸然破坏原议的价钱，要求更高的薪水，高得离谱。三流的勒索叫陶尔发笑。游艇的主人急着要出海，不肯放弃。不知不觉中，他服从作家塞缪尔·斯迈尔斯（Samuel Smiles）的格言——康拉德在他漫长的航程里再三展读的——"一个人只认识讲理或有教养的人并不算认识人，只能说对人一知半解。"实际上陶尔觉得，从这些同游的船员身上，不道德和卑鄙所获得的赔偿真是太高了，那三个恶棍吐出的毒气和健康的海洋空气混合得那么好，他觉得很安慰，有所领悟。

但是他低估了卑鄙和愚蠢的力量。他发现在入夜前暴风雨爆发时，他自己得面对这两者。约莫过了半小时，海面上有几块低沉的乌云横陈在水平线上，升起的天空随着阵阵大风变暗。很容易就可以想象出当晚的航程中出了什么事。陶尔大声地下令，但没人理会，声音遗落在风雨的狂吼里。一条动力游艇的引擎若是不听使唤就等于一件死定了的东西，完全只能任浪涛摆布。现在做什么都是枉然，只能把锚抛到海里，保持船身的平衡，以确保在巨浪中不会倾翻，以及船的位置不会偏离。但这对一个人来说是很耗费精力的事，其他人都没想到要伸出援手。三位船员再也不配身为船员甚至为人了。他们站不住脚，紧抓着固定的物体：栏杆、绳索、系船柱。他们的血压没有升高，只是生气暴风不肯离去。他们所能做的就是对陶尔的命令还以诅咒和侮辱。他们甚至毫无来由地想攻击那位要救他们的人。就此说来，他们全然卑鄙和愚蠢。但他们也不想法子接近他。所以他们的愤怒因为他的遥不可及而加剧，混合着他们古老的阶级无能，游艇的主人变成人类不义的象征。

黎明时，艾琳号是一具漂流在自己也疲惫不堪的玻璃海上的尸体。

这时候，冷静得邪门的陶尔必定也感到自己投入了荒谬的冒险，也察觉到自己碰到的危境。他所做的第一件事就是把舱门关起来，将三个人拘扣在甲板下，然后到控制台检查舵是否在动。是在动。他看看引擎，坏掉的是电力系统。船上仅有的一些工具不可能把它修好，但是无线电情况尚佳。听到甲板下一阵敲击时，他还在检查。他拿起一根铁棍自我防卫，朝舱门走去。到达时，刚好那三人正要冒出来。他用铁棍把他们逼回去，拼命把舱门闩紧。回到无线电旁，花了一小时修理。修理完毕，他把眼光从无线电上移向大海。看着海洋，呼吸着它，那是他放松的方式。这时候大海好像正看着他，对他咕噜说些什么。才不是，咕噜声是从船头传来的。他回过头去。那三人又在想办法把舱门的门闩扭开，正要走出甲板。陶尔偷偷摸摸绕着船桥，躲起来。他还抓着铁棍。海洋、狂风、闪电、豪雨都吓不倒他，但他怕人。这些人会毫不犹豫地把他丢给鲨鱼，然后说他失踪了，用这方法接收他的船，利用船走私，再把船弄沉。过去四年中，有两千艘游艇消失在太平洋上。

　　同时，那三人走到厨房。他们没看见他，颇为不可思议。他们走得很慢，他们的疲惫多半是紧张而不是精疲力竭引起的，陶尔很容易用自己的动作配合他们躲藏。三人离开厨房去餐厅，随后就留在那儿，直到夜色再度坐拥船长室。陶尔躲在船首的甲板下，其他人不会回去那儿。几个小时之后，他跑出来，从冰箱里拿食物和水，再把等量的东西放回去。他知道去哪里找补给品。

　　到了黎明时，陶尔回到舱房，接下来几晚都是如此。他白天睡觉，在等候天亮的时间里，一股苦涩的忧郁涌上他的心头。这艘船在某方面完全为他所有，甚于他在城里的房子，现在却把他排除在外，把他驱逐到一个瑟缩的角落，那是一个他不知如何扮演的角色。而且他混混沌沌地觉得篡取他位置的三个人对这艘船也有些权利，因为他们暂时栖身在那儿，掌管着船。最令他讶异的是，在这同时，这情况也引出他一种相当新的心态，一种怀疑的感觉，好像对他自己的前途失去信心。

有时候他被甲板上三个人所制造的声音吵醒，听见他们谈天说笑，甚至跑上跑下。一天早上，出于好奇，他打开舱门，看见他们拖着椅垫走过主甲板，在太阳下打盹儿。他们毫无焦虑的迹象。也不管游艇外发生了什么事，他们都无所谓，连他也不在乎，找都不想找。为什么不找呢？这没有答案的问题让他产生妒忌的愤慨。

他注意到船身常常忽然移动，莫名其妙地转变方向。那表示有人在笨拙地操作船舵，寻找水流。这些操作对他来说是超乎一切的，对他们则是次要的事。

海岸在两百码之外。船找到一股强力的水流，随波逐流。几英里外的海岸，一条渔船看见它的踪影，把它拖上岸。从舱房的舷窗口，陶尔看着整个停泊作业。此时天将暗未暗，微弱模糊的光漫不经意地抚摸着一处他不认识的港口。一个遥远可怕的码头。

他注视着这片陌生的景物，似乎突然明白了一件事。他花了太多生命在意每件事。他不曾以嘲讽的笑容来面对命运，总是过分要命的严肃。现在看到码头上聚集一些看热闹的人围绕着三个生还者，看着他们享受一生中真正唯一光荣的一刻，他终于露出笑容。

他下船时已是深夜了。码头上一片荒凉，尽头闪着一家汽车旅馆的招牌。他朝旅馆走去，在入口处停住。铝门窗内是污秽的大厅，一张办公桌，一个人睡在沙发上。无疑，那三个人也在这里住宿，他们现在一定睡得像木头一样。陶尔看着大厅，看着办公桌，看着桌上的电话。他可以打电话给家里，叫一辆车来接他，或告诉办公桌边的人替他叫一辆车，或给他一份飞机和火车的时刻表。他不想做这些事。他连觉都不想睡。只想跨过那家汽车旅馆的门槛——那才是他要的。把他和那三人共享的生活再延续一晚，有何不可呢？想象在天明之前，他们碰见他时脸上的表情，他笑了。但是他仍然无法下定决心去按门铃。他那种习惯性尊严的拘谨把他卡在那里，看着大厅内的夜灯，蓝色调的霓虹灯散发着讽刺的光圈。

注　释

1　这篇叙述核曾被改编成剧本《水手》(*The Crew*)，但后来在一九八四年，再次因为筹款不足而放弃。电影原计划在迈阿密、圣地亚哥以及加州的巴哈外海拍摄，因为一年当中有几个月，那儿的海面特别平静。根据故事发展，主导的主题是暴力〔我猜因此船名叫艾琳 (Irene)——源自希腊文 eirēnē，意指"和平"〕，在宁静无助的"艾琳"的甲板下，暴力突发（第三世界对抗工业化的西方成就和抽象浮士德的保证），美国船主以及他的"艾琳"和大海在性爱与精神上的缱绻。

2　康拉德 (Joseph Conrad)，波兰裔英国作家，曾当过水手。作品有《黑暗之心》(*Heart of Darkness*)、《台风》(*Typhoon*) 等。——中译者注

没有房子的地方

　　波河三角洲延展出一片宽阔景致的平原。一个有着低矮、彩色房子的村落。人行道在街的尽头继续延伸，没有房子夹挤着道路，只有人行道兀自朝向堤岸延伸。

　　到了晚上老是有一辆空的小货车，就好像它的主人住在那里一样，而那里没有任何房子。

台伯河上的保龄球馆

几年前我身在罗马，无事可做，不知道怎么办，就开始观察事物。这也需要技巧，而且还要颇多的技巧。我有自己的一套，包括把一连串的意象倒着看，变成事物的状态，经验告诉我，任何规范若拥有自己的美，就是好的。我不明白为什么。但维特根斯坦知道。

反正那时候我身在罗马。我把车子停在接近奥林匹克村的仑哥特维，寻找我失落的东西（光是看就花了我许多时间）。抬起头，看见一个人从保龄球馆所在的建筑物里走出来。他走向车子，打开车门、坐进车子的方式很古怪。所以我就跟踪他。以下是我根据他想象出来的故事。

一个男子离开仑哥特维的保龄球馆。他已不再年轻，直发散落在前额，他不时把头发往后撩。他是个健康的人，你可以从他的肤色看出来，那不是日晒的缘故，而且因为内脏功能正常，仿佛新鲜的空气在他体内循环。他的外貌非常重要。将要发生在他身上的事都源于（或说是错在）他散发出的自信和友善。

男人进了车子，发动引擎，可是没有开走。那是辆很贵、很好的车，沾满灰尘和泥土。男人低下头看着踏板，他好像在听马达的声音。实际上，他是被右鞋尖上的一点红漆和刮痕吸引了——一个点和一条线。根据男子移动脚的方向来看，变成线在点之下或点在线之下。他一定比较喜欢第一个图案，因为他踩加速器时，第一个图案随着他的脚往前伸。车子在仑哥特维走了短短的距离，在和另一条小街交会的地方停下来，让另一辆对面来车先过，然后转进小街，穿过深绿的街道，到达奥林匹克村。

这是暮冬以来非常诡异的一天，没有太阳但十分明亮，细微的事也清清楚楚的。男人把车停在一片野地之前，野地的界线由远处一栋长而矮的建筑物划分。建筑物旁有矮小的七叶树。男人走出车子。空气闻起来很干净，他大口呼吸，好像在品。他最不在乎呼吸新鲜空气，没有洁癖，很好安抚。这地方震撼他的是种感觉，若不是令人沮丧的迟滞死亡的感觉，就可能是平静。矮房的前墙剥落了，梁架都黑掉了，连野地的草和树都好像被遗弃和忽视了。

野地上有两个小孩在玩耍。一个男孩和一个女孩。男人看着他们，但不太专心。或者说，只有他们经过他眼前时，他才看见他们。可是在那时刻，他专心致志地看着他们。小孩子跑来跑去，跌倒爬起，大笑大叫。其中一个笨拙地跌倒了，男人微微一笑。或许那不是笑容，可是小孩认为是，因为那男人表现出来的友善。他们大概也认为他想和他们玩游戏，这种事常常发生在大人身上，他们走过来邀请他。可是不知为何他们停下脚步，也许是他们察觉到了那种被注视的方式。

如果有人问——就说那个小男孩吧——再来会发生什么，那男人的眼光里，有什么困扰了他呢？小男孩很难找出字眼来回答。没有什么模棱两可的事，只是……那眼光温柔慈爱，可是无动于衷，他从来没见过，连他的父母眼里也没有。因此他们两个都犹豫着不敢跨越和男人分隔的几步距离。他们站在那儿等，几秒钟后，他们就会回到游戏里。小女孩已经做了一个动作，建议离去。就在这时，男人把手伸进口袋，女孩看了很好奇，走过去。可是小男孩留在原处。他忽然开窍，一阵突然直觉的不信任，仿佛他八年生命所有的经验都暗暗对即将发生的事注入疑虑。男人从口袋里掏出一把手枪。小女孩朝着武器伸出手，微笑着，但是来不及摸到枪，一声枪响打中她的头。她身体坠落得像是奇怪优雅的慢动作。小男孩好像被这迷住了。只是一秒钟而已。男人也朝他开枪，他也跌进密密的草丛里，倒在小女孩身边。

男人把手枪放回口袋，用怜悯的眼光瞄了一下那两具尸体，然后回到车内，启动马达，从从容容地开走了。

矮屋里有个女人在窗口出现。那女人往野地看去，只见到一辆浑身是泥却昂贵的车子慢慢地开走。她清亮的嗓门依然年轻，她大叫："欧嘉！——狄亚哥！"在窗户那儿，她看不见两个孩子藏在草丛里的尸体。小男孩的身体在抽搐，无法被看见。女人继续呼叫："欧嘉！——狄亚哥！——好歹回我一声呀！"

我知道故事得在这里结束，留给读者那个冷静的声音呼唤的印象。但我觉得有必要解释一下。

前面所说的是一部电影的胚胎，一个叙述的核心。得感谢我开始时提及的技巧，从这点出发到更一致的结构并不困难。而且这样一来，可以满足读者所有的问题：这男人为什么杀人？他的背景是什么？他后来发生了什么事？等等。

在我出生的城市费拉拉，冬天的雾浓得看不见三英尺外的事物。这就是我想象中发生的事。一个人总会在某个地点迷失于雾中。在这大雾里，我想锁定几个固定的点。首先是动机。这个男人为什么杀人？我可以说回答这个问题没有意义，但回答这问题的本身已经声明某些意义了。总之，若是我拍电影，我会自问电影为什么能自圆其说，透过自己的叙述来提供答案。在这个故事里，则由造成他性格的心理、精神毛病或者疯狂来说明。

但是因为这个计划不幸得在这一页上结束，我可以大略简短地做点道德上的解释。这男人动手杀人是为了保护这两个天真的小孩，免得他们活在他认为痛苦堕落的生活里，一个不比垃圾堆强的生活环境。所以他的举动是爱的举动，同时也是相信某种信念的举动。虽然很矛盾，当时那主意对我而言，好像不乏神秘感，自有其力量。但最近看来，如果说神秘感已经消失，力量却好像增加了。

另一个有力的定点。那男人重拾每天的生活，好像什么事都没发生过，他良心平安，不断受到犯罪调查的骚扰，但没举起一根指头来回避。警探来到他家门口，打开门，打量他的脸孔，没有指认他。他们无法指认他，因为他的罪行和罪行发生的社会环境配合得太好，显得那么正常，在那么多残暴的罪行里，根本不可能追查出来，通过不正常的动作回到真实。

其余的就是雾。我习惯了，习惯包围我们幻想的雾和费拉拉的雾。在此地，冬天雾起时，我喜欢在街上散步。那是我唯一可以幻想自己在别的地方的时刻。

悲剧的狩猎

　　一九七五年十二月十三日，四十二个人前往爪哇猎捕鳄鱼。二十八个男人，十四个女人。他们租了两条船，装满补给品，溯河前进。

　　到达定点之后，高耸凶险的悬崖脚下有一潭池水，鳄鱼顶翻了他们的船，他们全部被吃掉，连补给品也不例外。

女孩，犯罪……

　　一开始吸引我的是她的眼睛。我也喜欢她身材的比例，她的身体往后弯曲，臀部一边靠着柜台，双手交叉在胸前，手肘前端是只长长白皙的手，静止不动但蓄劲待发，要做出叫人不能不注意的姿势。

　　她眼睛很明亮，但目光黯淡。那黯淡的目光跳进你内心并留在那里。我忍不住想象它们在大银幕上的特写。这是很普通的一个镜头，但普通的镜头是一张许可证，帮助我入行，这是流行的假设。那眼睛不是在真正地看着我，而是扫过我，好像在找并不存在的东西。这个目光漂浮在沉重地悬挂于店铺顶上的休闲时光里。

　　女孩穿着一件蓝色的水手毛衣。城里几乎每个人都有这种毛衣。这座小城坐落在翠绿的山脚下，依傍着满布白船的小小的半圆形海湾。服装店在左边，面向着海。打开店门，就可以看见船的桅杆不耐烦地摇摆。店里还有另外两个女孩，一个没那么年轻，大概是店东吧！另一个显然是店员。她们全都穿蓝衣。

　　店东走向我。

　　"我能为您效劳吗?"

　　不仅她走过来的方式，而且连口音也有些英国式风味。但我的答案却是意大利语的 prego（译注：不好意思之意）。

　　"只是看看。"

我回去继续留意那个靠在柜台的女孩。她不知道我是为了她而待在那儿的。她几乎不知道我在那儿。一件破旧的雨衣走进服装店只是一件雨衣。身着雨衣的男人，除非他的外形特殊，除非他买东西，不然没人会注意他。那女孩做梦也没想到几分钟后，神秘的情况会降临到她身上，把她推出去，置身于陌生眩惑的世界里。她在那个顾客的股掌间，但她并不知道。我观察她时，她斜眼瞄了我一下，没有停下和其他人的谈话。我努力想象那张脸之所以上相的原因。上相的规格没有定论。通常一个人如果前额宽，眼睛距离稍远，鼻子小巧，下颚不要突出，就很上相。但是明星的历史尽是一堆例外，这个规格便十分可疑了。她的嗓音悦耳，嘴唇移动灵活，笑起来不会露出牙肉。我立刻试着替她配音，顺着她嘴唇的动作说一句剧本里的台词：

"我二十四岁，我后面有一具绿色的凉篷。你还想知道什么？"

生物学家说所有人类行为都是学来的。这意味着：任何人都可以学习演戏。这女孩已经在演戏了，他们一定告诉过她在店里的举止必须冷漠镇静，避免分散顾客对货品的注意力。理想的店员应该附属于她身旁的物品，不应该吸引顾客要放在货品上的兴趣。她吸引我的兴趣十分正常，因为我的职业就是把人摆在其所处的环境里观察。所以我可以忙着观察那女孩而无须违反我的角色，无须引起怀疑。我在店里，游走在衣架上的西装、衬衫、皮带、皮包、领带前，倾听我背后的声音。从占满墙壁的展示橱的玻璃上，我看见那三个女孩的身影，还有我自己的，依据我的位置移动，转变不同的角度，因为橱窗内的衣物和颜色改变，好像那女孩也不断更换衣服和背景，这对我很有用。

忽然，声音被打断了。店东走出去迎接一个背对着门的身体，大概是个女人。轻微的嘈杂声灌入店里，接着一片沉寂。

在沉寂中，我觉得那女孩的分量明显地增加。她没有移动脚步，但她回过头来，给了我一种模糊的意念：我感觉得到一股懒散的活力。怪异，那正是我剧本里人物奇怪的特征。剧本里的人是个女孩，外表文静，可是活泼性感。一个把手放在扶手上时会注意自己手的人，穿上睡衣时会注意自己小腹的人，会抚摸触碰自己，相信自己是理想、爱情的活意象，值得获得爱情。但心底会感到不应该太依赖这个想法。自从她独自一人生活开始，她除了保护自己，什么也没做，又说不出来对谁保护自己。她混乱地意识到，即使爱着他们，男人还是她的敌人。若要和他们住在一起，她就得冒险浪费一连串没有明天的今日。所以她学会把自己的脆弱当作这世界上仅有的真实，其余的或许是真实或许不是（这是剧本里的话）。

我思考这些时，正坐在一家咖啡店，面对被季节遗弃的海湾。我一离开服装店就坐下，虚构一个我没有的习惯，以便静静回溯，理出心中的头绪。同时我任目光从周围的环境和其他事件的组合中寻找刺激。

下午四点，太阳出现在这个城市里。少许的阳光滞留在房舍的前方，把山顶的树木凸显出来。小城的上空洒着一片绿光，像移动的脸一样模糊不清。这些脸上有着强烈的嘲讽，因而减弱了他们的戏剧性。

就在这光线里，那女孩模模糊糊地站在咖啡厅前，大概十来英尺远，无心地看着我。她停下来和一位年轻男子说话，他出现的时机再好不过，让她有机会静止。她不时扯着蓝色毛衣，无疑是受到他的粗俗影响，甚至还表现出来（大概吧！）。我想她陶醉在一种平和的满足里，因为她觉得被注视的方式不同寻常。但她已经准备好抓住时机把静止转化成不同的、更活跃的、更有利的一刻。她的头向右歪，摆出像其他女孩子一样的表情，这并非没有原因。她不想表现粗鲁，所以才慢慢来。每件事都得做得恰到好处。就像她们在店里教她的一样。

在户外，她看起来更漂亮。不像和她在一起的年轻人，她没有晒黑，皮肤白白净净的。如果我能把意象和香气这么不同的现象结合在一起，我会毫不犹豫相信她是香喷喷的。但我没有时间细想。那女孩兴高采烈地离开同伴，用一个姿势打断他，坐在我身旁。有几分钟，她没说一句话，她甚至不像在等我打破沉默。而此刻她就在这儿，我知道一个仪式正要上演，我没有催促的动机。我强迫自己等候所有的事都按照仪式的方式进行。

然而，每件事都以出乎意料的方式进行，以对话开场：

"我想我坦白地告诉你比较好，"她冷静地说，她有些当地的口音，所以显得不太一样，"不管你如何想，我宁愿告诉你我是谁。"

"我也喜欢这样。"

"我杀了我父亲，刺了他十二刀。"

紧接的沉默是全面的。我们里里外外的每样事物都是沉默的。我相信在她内心也是如此。她一定常常在心里重组那个景象，每次吸走一点，擦拭一点。我转而看着她脸上的表情。她举起手把头发往后拂，然后双手合拢，好像在祈祷，注视着在港口滑翔的两只海鸥。一只抓住猎物，另一只停在水上。

"你为什么杀他？"

女孩子耸耸肩，她的姿势、她胸脯的动作混合在姿势里，比任何答案都清楚。

"什么时候？"

"一年前。"

"你被释放了？"

"嗯。我服刑三个月……接着审判。他们判我无罪。"

我看着海，海因为影子而暗下来了。我想：

"刺了他十二刀！"

但我在思考这个时，也开口说话了。我说：

"你数过了？"

"他们数的。"

"在哪里发生的？"

她指着服装店，手势留在半空中。她要确定我明白就在那儿发生的。

"通常是出于良心不安而回到犯罪现场，"她说得很慢，有丝嘲讽，"为了刚好相反的原因，我回到那里，就住在那里。"

她暂时打住，一个擦拭清除的动作。

"你要走还是要留下来？你今天晚上想见我吗？"

我们当晚的会面为下午的会面增添了一些事。不是我想知道的细节，或动作的数据，或事件的来龙去脉。

"我不记得了。"这是她回答我问题的答案。

第二天黎明，我又坐在咖啡店的椅子上，挑了张没有露水的坐下。我到那个地方找寻一个角色（被一本服装杂志上的照片吸引），结果找到一个故事。现在这个故事让我不能思索其他的事，连自己的事也不想。她刺了他十二刀。我自问如果她只刺了他两三刀，那实情和假设之间的区分是否就少了些？

　　但这不是我寻找的答案。叫人困惑的是别的事情。我觉得刺十二刀比两刀三刀更熟悉、更亲密。

　　六点左右，太阳的第一道光从海上来，抚摸着椅子。忽然所有的事情都明朗了，好像阳光下的海、海湾边的房子和其余的一切都一样。那个叫人毛骨悚然的数字里有那个故事所需要的一切，真实就在其中。不仅犯罪原本的实情，或是像我自己这样的外来人，或者任何人都在其中。

　　我还明白了另一件事。我没有理由继续留在那个地方，那个地方带给我电影构想，同样是这个构想把我带走。除了对自己说谎，我不可能重拾自己的故事。那女孩明了的目光在我进店时震撼了我，以悲剧的讽喻留植在我心中。我曾在街上的行人脸上看过相同的讽喻，阳光下相同的讽喻现在正抚触着万物，落在万物上，如同乔伊斯的雪，落在所有的生者和逝者身上。

　　怀着乔伊斯庄严的想法，我慢慢站起来，走开了。我又累又恼。好像我刚拍完凶杀的场面，但不是十二刀，我决定三刀就够了——为了谨慎起见。

春天的头几天

　　我有种感触，我觉得乡间电话线在尖叫时会使景色显得很不耐烦。尤其是春天的头几天，当你不断听见时。

　　我想这个不耐烦的情绪会转移到人身上，例如农家。事实上，农人是没什么耐心的。我想到电报带着他们的故事在那些线路上交错往来。还有那尖叫的原声带……

关于我自己的报告

我很少去想年轻时的事。我从来不想拍一部电影畅言那些岁月。有一次，我又回到那些日子的回忆里，真的是很久以前的时候了。计划中的电影片名是《一九二四年的快乐女郎》（ *Le allegre ragazze del 1924* ）[1]，联想到的是我的孩提时期，我生命中有些黯淡的时期，例外的是打破了中产阶级的价值观，舍弃和我一样"布尔乔亚"的小孩，我比较喜欢和较低阶层的小孩子做朋友。或许是我不知不觉中执意要和父母的低阶层接触，他们就是所谓白手起家型的布尔乔亚。

另一个场合是几年前，在一个并非我现在居住的城市里。我走过一家花店，正想进去订花送人，一个离我三十英尺左右的男人停下脚步，举起右手指着什么。我也停下来顺着他手指的方向看，但没看见什么值得一看的。那个落点没有树木，没有市郊的高压电线，没有电线杆，没有垃圾筒，没有车辆，没有人走过。那落点是在两栋建筑物中间的巷道，除了空荡外仍是空荡。奇怪的是那里叫人觉得不像是市郊开始的地方，事实上市郊就是从那里开始的。你有空荡的感觉。那人到底在指什么鬼呢？

他年约五十，高大强壮，撑开双腿站在那儿，一副果敢的姿态，头上的扁帽加强他那紧绷的手肘和吓人的决心。也许他是从精神病院逃出来的疯子，在这地区这种事经常发生。甚至可能是被精神病院放出来经受考验的疯子（放给或送给另一家精神病院的？）或者，单纯点，他是那种指着他们自己才能看得见的东西的人，或者那个姿势不经大脑逃了出来。没有人真正明了我们的脑子如何运作，或者其中的化学作用如何影响我们的行为。

巷道左边的建筑低低矮矮的，至少有一百年的历史。白漆脏成了明信片上落日的粉红色。"我们常常想 / 在那迟来而又恶劣的天气里太阳的瑕疵 / 是指着一棵树但却并非如此。"（麦克利什[2]的诗句）那天，他们指着那栋建筑。

那儿有一家店，整栋建筑中唯一的一家，在我看来，很像是家药房。门窗四周，大概三平方英尺，墙上都涂了乳白色的新漆。所以门、窗和上了漆的墙形成马列维奇[3]《白上之白》的风格。

一个女人走出来开门，随后并没有把门关上。门晃了两下，在它停止的角度那男人被"入画"了，那男人的手指终于找到目标。它找到了我。我有些火大地注意到，好像那人存心要指着我，而不是门，由于反射作用，他的姿势改变了方向。恼火引出我另一个想法，我为什么对一个行为没头没脑、受到天知道是何种冲动控制的人感兴趣呢？我真想立刻走过去扯下那只手，朝他指过去，像在《水浇园丁》（*Larroseur arrosé*，1985）[4]中工人拿着喷洒人行道的水龙头。事实上，我也朝他走去。但要抗拒奇异的念头需要些技巧。其中一种就是不要把念头转换为行动。我就是那么做的。但从头到尾，我的眼睛都盯着那人。他的身影仍然是整个景物中唯一的焦点。也许他是那些每天这个时候会到这里的人，伸起手指指着——指着什么呢？指着世界，正是如此，指着巷道之外的空虚。但这时候，这一幕景象里有了新的东西，新的其他事物。我错了。奇怪的是在我良心背后有股模糊的罪恶感，我觉得那像阴影一样扩散，一个希区柯克式悬疑的阴影落在我生活的条理里。

一个女孩走过，问我时间。我告诉她，她惊讶地看着，甚至有些鄙视，好像八点钟了是我的错。

——已经？——她说。

她把手放在前额上，敲了一下，跑开不见了。这事件至少让我分了心，我回头去看花店。窗口满满的花朵，看来有些枯萎，还有一些尖尖细细的花瓶，大约六英尺高，已经颇有年头（拍摄《放大》时，我四处找这种花瓶，用来衬托模特，可是在伦敦连半个也没有找到）。

花店里传出细细的水流声，大概是小喷泉吧，混合着花的味道。不是香气，而是湿叶和花茎顶端腐朽的气味，有股死亡的感觉。我再仔细看，好像看透了一些教堂内装载着圣徒尸体的棺木的玻璃，这个景象并没有少掉几分恶心。我看见一些老人，非常老，非常瘦弱憔悴，坐在绿色木扶椅上聊天。他们的声音就是水泉的滴水声。

我注意到大门玻璃上的塑料钩挂着一个小小的牌子。起初我以为是写着花店营业的时间，现在才看清是张手写的布告："李维第四区的生还者这个礼拜六下午六点将在本地的餐厅团聚联欢。一八八二年出生者请在十二日以前到康文多大道的伯帝尼花店报到。"

一个星期前我从巴黎回来。那时罗兰·巴特 [5] 说了一件相当令人不安的事情，害得我心里对狭小的空间产生模糊的恐惧，好像逃不出去的感觉。他在法兰西学院（College de France）讲学十分愉快，学校寄给他学校里所有教授的名单，名单是根据退休日期排列的。其中一人年轻得不得了，退休的日期是二〇〇六年。

——对我来说，这是二十一世纪第一次出现——巴特说。他的口气里不乏惯有的讽刺，然而也有一丝感伤——他想假装没有这种感觉。

我不知道为什么这件事会在我站在花店外面时涌上心头。我再看看团聚的布告，忽然觉得被那两个日期：一八八二年和二〇〇六年挤压围困。我想起自己年轻的日子，忽然觉得渴望要拍一部电影，一部关于我的电影，那个从前被我粗鲁甚至无理地抛弃的"第三人称"的我。

但那个愿望只持续了一瞬间。如果不是现在提起，那愿望不可能那么不可抗拒，事实证明了那个愿望不曾再次出现。

注　释

1　剧本于一九五六年完成，时代设定在二十世纪二十年代，原本计划拍成彩色片。

2　麦克利什（Archibald MacLeish），美国诗人及剧作家，曾获普利策奖。——中译者注

3　马列维奇（Kasimir Malevich），俄国画家，为抽象艺术（Abstract Art）的先驱，《白上之白》（*White on White*）是他一九一八年的作品。——中译者注

4　路易·卢米埃尔（Louis Lumiere）拍摄的早期电影，第一部闹剧电影，也可能是第一部故事片。

5　罗兰·巴特（Roland Barthes），法国哲学家及社会批评家。作品有《符号帝国》（*The Empire of Sign*）、《恋人絮语》（*A Lover's Discourse:Fragments*）等。——中译者注

无 题

从河堤往上，有一片以绿色为主的傲慢景观。在绿色之外，右边浮现了一栋红屋，上面，紧邻第一间屋子的屋顶，有另一间较小的砖色房子。左边屋顶一半藏在树后，前面的墙是黄色。这面前墙给人奇怪的印象，好像后面没有支撑物。

我相信那一大沓书里一定有个故事。到处都有故事，可是这里的组合太不寻常了，而书叙述得又太隐秘，恐怕匿藏了特别的事物。在右边和左边房子之间的空间一定有个裂缝的意义，就像河流在近处也有意义一样。那两具皮筏，它们的平台在夏天都被抛弃。而那些独木舟从海里划向上游时很慢，顺着水流滑向下游时则很快。

我喜欢往窗外看，看到颇不相同的风景（艾略特，请原谅我！）[1]。

今天早晨的景观和昨天的全然不同。河水泛滥。夜里整个地面的景物都"流走了"。黄色水流拖走了灌木和树枝。树木挤在河岸让人错以为都失了根，过不久，它们就会被连根拔起——慢慢地，因为水流还不太猛烈。

中午时，右边房子的窗户打开了。一个女孩站在那儿观看。左边还关着。但是百叶窗后面有东西在移动。我用望远镜看。我敢说那些是注视的眼睛。它们待了一瞬间就缩回去，然后又回来，又消失。好像看的是见不得人的景象，那泥黄的水满是小小的漩涡，吸走了经过的一切事物……

注　释

1 这引喻出自艾略特作品《家庭团圆》（*The Family Reunion*）最后部分叠句的
　　一行："我们不喜欢往相同的窗外看去，却看见颇不相同的景物。"安东
　　尼奥尼承认一辈子仰慕艾略特的诗，他说艾略特的作品比任何现代诗
　　人的作品更能感动他。

往边境去

　　那时候我睡得很少。我养成习惯，白天开始渐渐淡入（fade in）时才上床。黎明才睡至少有个好处，那就是白天的时间都运用得很好——用来睡觉。你没有工作的时候，这不是很重要吗？

　　和维斯康蒂拍完《玛莉亚·达诺斯卡的审判》（ *The Trial of Maria Tarnowska* ）之后，我便在梅拉诺睡大觉。四个月累死人的时间，维斯康蒂把我们全关在旅馆里——圭多·皮欧文尼（Guido Piovence）、安东尼奥·皮耶特兰杰利（Antonio Pietrangeli），还有我。我在梅拉诺交了三个可以让我喘气的朋友，因为他们什么也不想。他们分别是一个乌丁来的年轻女孩，名叫珊德拉；一个二十四岁的德国女人，大家都叫她葛丝，可是她的名字不是葛丝，还有一个三十六岁的美国船长。我们相同的地方很少，但对我们而言，那已经够了。我们需要寻乐，打发夜晚和凌晨时分叫人迷惑的粗鄙感觉。

　　我想提的是有一个晚上的故事。那故事在我的记忆中徘徊不去，就像那种我一直想拍却没拍成的电影一样。我要的不是事件的结构，而是重数那些事件所隐藏的张力，一如花开展示了树的张力。我重述当晚，因为那个夜晚被未可知所控制。总之，是一桩难以言喻的悲剧。悲剧中的角色、地点、所呼吸的空气——这些有时候比悲剧本身更叫人着迷，悲剧的前奏及余韵，行动果决，连话语也静默无声。悲剧行动的本身令我不安。那是异常、放纵、无耻的。根本不该在目击者面前表现。整件事的现实和虚幻都不包括我在内。

我们四个人乘着吉普车朝边境开去。吉普车开得很快。当时是夜晚。车灯照亮了种满天竺葵的木造阳台，还有此起彼伏的十字架。好长一段路都坎坷不平，灰尘满天。路上的柏油已经被磨光了，石砾都凸露出来，干风扬起沙尘扑在我们的头发上。船长默默地开车，我们三人注视着车灯前闪灭的影子。稍早之前快乐的情绪消失了，窒息在无端无绪的无言里，唯一的解释是我们快到边境了，边境总是拥有一点儿尊严，令人戒惧谨慎，尤其是在夜里。

一直到吉普车慢下来，停在一间与世隔绝的房子前，我们才清醒过来。入口的门开着，里面灯火通明。

"Gasthaus（德语：附有餐厅的旧式旅馆）?"船长问。

"Gasthaus, ja（德语：对）!"门前一个男人回答。那个年轻人有头金发，非常年轻。即使不懂他的话，我也听得出他言不由衷。那是个不想回答的回答。

葛丝跳了出来。她的体格健美。你会说她把很多时间花在做体操或韵律操上。我认识她的第二天，就以为她的事情我全知道。我错了。即使我们的关系变得更亲密后，我仍然继续犯错。就算现在我这样描述她也可能是错的。

我看见她和金发年轻人交换目光，接着四处张望。那儿还有其他的房子，没有一间灯是亮的。她看着那些房子好像在注意倾听。年轻人背后，一个较年长、蓄着倒八字胡的人出现在门口，他又肥又壮，一张脸被太阳烧灼得无可救药。他看看船长，船长开始往里面走，却连门槛也踏不得。

"打扰一下?"船长说。他的美国口音很重。语气很明显。门口的两个人纹丝不动。船长惊讶地看着他们。他凡事都惊讶的本事化解了我们的距离，他把我们都当作美国人。葛丝走上前去，用德语说了些话。那两人才走到旁边。

一进到里边，我们好奇地乱逛，珊德拉却好端端地大笑起来。她边走边摇晃着腿，像想让别人注意的小女孩，可是她招来的只是不满。金发的年轻人不耐烦地走向她，把她叫到船长的小房间。我听到船长大声说：

"吃……essen（德语：吃）。"

他的口气显然兴致高昂，但听起来却是反效果。葛丝也变得严肃起来，她难得活泼快乐。她严肃时很美，这也是她的常态。她总是约束自己，蛰缩在自己的心底，要不然就是浑然忘我。总之，她完全退缩，让你觉得她不和你同在，而是和另一个看不见的人做伴。我第一次看到她时，她捧着一束花，忽然递给我一朵。我不知道摆在哪儿，便照实跟她说，我还批评说山花没有香味。

"花看起来比闻起来吸引人。"她抗议着，而且把看我的眼光抽离，回到她的世界。

今天，在写作时，因为审察，她又到我的脑海中，我又多了一个主意。或许就来拍一部电影吧！就从再也不会看到那女孩的预感出发。然而，就某些方面看来，她会一辈子留在我的回忆里。

我知道这不是个很清楚的电影题材，然而我总是满脑不相信电影的构想可以从一个人转移到另一个人身上，后者就经年累月地累积这些构想。他闻到味道的那一刻就沾上手了，他调整自己去适应它，也就是说他让它变成他个人的境遇，然后通过时光的甬道，把它抹消。这就是他荒谬的地方，没有人费心去保留他的感觉，我们把每件事物都丢光，经由如此，我们逐渐地成为我们所有境遇的产物。可是这种产物无法用数学计算。

我们驻足的餐厅，墙壁由原木拼装，桌椅也是木制的，瓷炉旁有张长凳，上面是个架子。这实在是太典型的蒂罗尔（Tyrolean）风格了，叫人忍不住要离开。蒂罗尔风格只适合蒂罗尔人。可是船长好像很自在。他点了香肠、火腿、熏肉、啤酒和黑面包。我斜着身子往葛丝那边靠，她转了半个身子向我解释。

"这是安德亚·霍费尔（Andrea Hofer）的房子。你知道安德亚·霍费尔是谁吗？"

我知道。他就是遭人密报后被枪毙的蒂罗尔爱国者。我还知道另一个细节，那位密告者姓许拉夫，也正是这家旅店老板的姓。我不知道那位胖老板是否就是那个恶名昭彰者的后代。但由于那个姓氏，他看来就像是不幸中人，因为整个旅店都洋溢着悲伤的气息。

这栋房子旧得很美。木造的内部和明亮的外墙搭配得宜，窗上长满普通的天竺葵，黑色而陡斜的屋顶，融在黑漆漆的天空里。

金发男子又出现在门口。葛丝走向他，和他说了几句话。那人离开了，葛丝跟着他，我跟着葛丝。离开了，开了一扇门。我们走进一间暗室。我听到电灯开关"喀嚓"的声音。手持旗子的安德亚·霍费尔就在角落里。那是一座真人大小、涂了漆的木制雕像，光滑得像蜡制的，因为像蜡制的，所以仿佛安德亚·霍费尔现身了。墙上是一张褪色的版画：霍费尔的演讲图，霍费尔参加秘密集会图，霍费尔在可怕的兵营空地上面对身着蓝制服、手持长枪的拿破仑军队，叫人想起《大幻影》(*Grand Illusion*, 1937)。第一次射击枪决不了他，得射二十次才够，所以霍费尔批评说："你们射得太烂了！"房里也有一张桌子，桌上有一本用来签名的登记簿。葛丝用最自然的动作把笔递给我，没注意到我把笔放回原位，我没有签名，那是我个人对那金发年轻人多疑态度的抗议。

同时那个年轻人快步地走向门边。他关上门之前，我瞄到两个男人背着塞得满满的登山袋走过。第三个男人没有背包，跟着他们。如果说最后那个人的衣服和晒黑的脸泄漏了他来自山地的身份，那么另外两人则有城里人的气息。我在四方形的窗框里看他们离开，被入口灯照亮，停了一会儿，然后又消失在黑暗里。我背后的霍费尔手持旗子倒地。葛丝在我身旁，我感觉到她和我一样感觉到不平静的平静。为了打破沉默，甚于出自好奇，我问她：

"走私？"

那年轻人谨慎地不回话，用一种近乎冒失的眼光瞄我。他嘲笑的神情好像储存了全世界对谁都不在乎的态度，简直叫人无法忍受，我对葛丝说：

"告诉你的同胞，船长是美国人，他才不管这儿在搞什么鬼，至于我……"

她打断我："他懂得意大利语。"

"那更好。"

我想说我对走私活动也很感兴趣，希望他能让我看看，只要看看。之后，如果他好心要让我知道细节，那更好。我在梅拉诺就听说过这些货物走私，可能还有人想避开某些人或法律。可是我什么也没说，我没有一丝和他说话的兴趣。

这个房间的门是从外头推的，那年轻人打开门，外头是珊德拉。

她不耐烦地说："这间破房子一定有上百年历史，但也不能因此就要我们再等上一百年才有得吃呀！我饿死了。"

葛丝终于笑了，我们都回到餐厅。同时，他们也把啤酒端上桌子。船长把啤酒杯灌满，以胜利的姿态举起他自己的杯子。然后松手让酒杯往下掉，杯子没有破，可是啤酒溅得到处都是。船长看着我们，很快乐，好像只等着好戏上场。可是什么都没开始。珊德拉拿起餐巾，开始清理。她裸露的胳膊在葛丝面前经过好几次，而葛丝以她更自然的姿势抚摸它。那是个直觉动作，温柔性感，性感背后好像有股非常甜蜜的感觉，好像伯格曼的《该死的女人跳舞》（Ballo delle ingrate, 1976）[1]中那三个女人。一个非常圆满的姿势，不需要完成。实际上她也没有时间完成。我不知道什么神秘的预感使得葛丝停止她的动作，就在一瞬间，户外传来的声音令桌子震动，瓶子杯子锵锵作响，把我们都吓住了。一辆车子的引擎咆哮，或是几辆车子，还有一个声音，或是几个声音在吼叫什么，我不知道是什么声音。我知道那些声音受制于一种奇异的情绪。

船长回头看外面。他似乎在等待嘈杂声产生效用。可是那些声音悄然溜走，没有留下一丝痕迹，静默回复到原先的状态，充满轻巧的声音，例如木头轻裂和钟摆的嘀嗒。我也望着漆黑的窗外，不觉得那是深山夜里的一部分，一个像山一样饱满坚实的夜，一个古老庄严的夜。可是它就摆在那儿，那片窗外的漆黑，隐藏着我们无权看到及了解的动作、姿势、表情和想法。

船长问："这是什么地方？"

葛丝回答："圣利奥纳多。"

珊德拉接着说："我叔叔也叫利奥纳多。"

葛丝把头向后仰，露出喉咙，问背后的金发男子一些事情。那人若有所思地回答，然后她翻译成意大利语。（她明知道他会说意大利语，为什么不说呢？）

"我们离边境有二十英里远。"

"二十英里……"我边想边说，"那走起来挺远的。"葛丝好像直觉到我的想法，解释说他们会在阿尔卑斯山的小屋休息，然后越过没有岗哨的地方。

珊德拉开始做些漫不经心的手势。"噢……何必呢？"

她中断了姿势和句子。所有的眼睛都落在她身上。

"……我们为什么要说这些事呢？火腿到底来还是不来？"

几分钟后，火腿、熏肉、啤酒、黑面包放在两个大盘子上，端端正正摆在桌子中间。啤酒很烈，直冲脑门。珊德拉闭上眼睛，灌了一口，一只手放在胸脯上，等着打嗝。

"这些泡沫真漂亮……"

她把手指插入酒杯，捞出一些泡沫，举起手指放进嘴里，吮了一口，一脸厌恶的表情。

"……可是我不喜欢。"

船长说："那你喜欢葡萄酒吗？"把啤酒和葡萄酒混合的主意倒出乎他的意料。他笑了，拼命假装这辈子不曾那么开心过。但他是唯一自得其乐的人。他举起杯子对着灯，检视着细小的泡泡轻轻地挥发，这表示酒是真的。我们都等着他松手让酒杯落下，可是他却一口长气咽下了酒，咂咂嘴唇，眼光"扫摄"我们，带着笑意，和他说的话毫不相干，他的话如意料中的平淡无聊：

"各位，这才是人生啊！"

从他的口气中可以听出，他显然指的并不是酒，而是我们围桌而坐，不管心情好坏，也不管还有其他人在外面的山里……

此时的沉默更深幽了，持续了好一会儿。

"你在想什么？"

葛丝的声音在画面外。我回过头。

"葛丝，听着，"我悄悄地说，"今晚我们是多余的。他们才是主角。"

我指指大厅。

"我们为何不重新打开话匣子呢？"

"什么话匣子？"

"在吉普车里说的。"

我想起她靠着我的腿。她没有施以压力，纯粹是令人愉快的温暖。

"可是我们什么也没说呀！"

她微笑等我继续讲下去。可是我专心看着炉子，看着玛娇利卡陶砖接缝上的蓝色阿拉伯式花纹，交叉的线好像和下一块陶砖连在一起。我突然意识到我也卷入走私，和葛丝一起走私，走私一种我没有的感情。但这不正是我们每天生活里所做的事吗？制造几种感情以备不时之需？

餐厅的门关上时，吱嘎作响。金发的年轻人兀自蛮横地离开，脚步留在木梯上，还有回声。又一阵杂沓声，船长的嗓门骄狂地嘶吼："开门！开门！"

门还是关着。船长跳起来。或许有人会说他那样乱七八糟的，好像那么跳来跳去不该是他的个性。三秒钟后，他人已在大厅。可是那个胖子愤怒地把他赶回去。没有人想得到船长能如此敏捷，闪过胖子，定在走廊中间，决心留在那儿，结果为眼前所见而出神。一个女人走下楼梯，头上包着绿色的头巾，穿着深色裤子和登山靴。她很苍白，表情落寞。

船长问："她是谁？"

两位奥地利人假装没听见。船长把手插进口袋里，把身体的重心换到一只脚上，一副等候的姿势。那两人并没有回答，他也知道他们不会回答。可是情况有了变化，这个新的角色登堂入室，有了一定的效果。

那女人停在最后一个台阶上。她显然急着要离开，而那个半醉的人站在她和门之间，成了她不知如何处理的障碍。她并不沮丧，甚至好像以为这并不是什么严重的事，但是事情弄得更严重了，所以她才犹豫着。或许令船长困扰的正是这个纵容的表情，她以此满足他，他极尽所能要吸引她的注意力，深深弯下腰，说：

"Eine Dame zum plaisir."（译注：这句话是德文与法文混合语，意为"这位女士，幸会"。）

这句话从他这种人嘴里说出来真是怪异，弯腰弯得那么久，分不清是表示敬意的举动，还是笨拙地想要胡闹一番，甚或是自惭形秽的直觉。不管是什么，那姿势既不舒服又难以持续。我和葛丝交换眼神。帮她解围是我的责任，不然就是珊德拉了，她刚巧走出餐厅门口。可是我们都没有动。珊德拉害怕某种她不了解的事。我和葛丝不用说，只希望船长倒下来，好让那女人走过。

这时候，看见自己渐失立场，船长就改变策略。惯用酒精的人有能耐完全清醒地站起来，他回头向我的方向眨眨眼，轻轻地向那女人点头打招呼，轻得几乎看不出来。他直接指向我，强迫我加入他这一边以重新对付眼前的一切——当然是那个女人了。奇怪，我早先倒没注意到她的美丽。也许是她的目光，还有眼睛下方白色的妆饰，使她的五官看起来很舒服。而她挺拔的姿态，迫使我以不同的方式来看她。我不懂她为什么屈服于船长的挑衅。但是她心里所想的却不为人所知。从她看我们的眼光里，好像直觉到她今晚的挑战已经联结我们的势力。我们就是常规，就是法律，就是约定俗成……一路直到至高无上的权限。或者我们只不过是烦人的家伙。但面对我们，她是未知数，叫人分心。就像他们说的，她是唯一能叫我们的夜晚生色的人，我们不能让她逃走，那正是船长向我眨眼的意思。

葛丝往前走，停在我背后。我觉得她的眼睛盯着我，好像暗示我去干涉。葛丝是德国人，她像个德国人，她像个德国人一样看着我，钻进我的颈背里。我抓住船长的手臂，把他推向餐厅。他变得很温驯，我可以把他交给珊德拉。我回头时，那女人在和葛丝说话。她的声音叫人觉得淡然无味，好像怕引人注意。她们的话说得很短，隐秘得有些异样。她们没多说废话就道别了，握握手像两位老朋友似的。

一等那女人离开，我们又围拢在餐厅的桌子边。可是事情已经不是早先的模样了，我们也不是早先的我们了。火腿和熏肉尝起来也不一样了。我问葛丝她和那女人说了些什么。

"她遇上麻烦了。"她正经地说。她有一张我看不腻的脸。她的一切都值得一看。只有我目不转睛地盯着她叫她受不了时，她才会离开自己所处的境地。所以她站起来时（过了半个小时之后），我很惊讶。

她说："我们上路吧！"

我们付了钱离开。留八字胡的男人陪我们走到门口，停在金发年轻人身边。那年轻人又出现了，一脸不曾离开过的表情。船长故意骄横而悍然地看着他们。

"干什么……"他用英文开口。我们把他推上吉普车，我开车。那两个奥地利人一言不发，面无表情地站在门槛上看我们。即使我把车倒出来开上路时，他们仍站在那儿。我肯定他们的眼光盯着我们的车前灯消失在树林中。

车前灯在夜里照亮树木时，会在上面留下痕迹，我是因为有一回把车灯打在一棵橡树上，下车察看才知道的。树干上集结着来来往往的蚂蚁，一贯地从事愚蠢的工作。蚂蚁绕着光圈乱窜觅食，一步也不曾踏入光圈之内。即使车灯熄灭，光线从我的视线里消失，它们仍然避免进入。好像光线还存在于它们的视觉里。

我们开了几英里路之后停下车来。船长看见路边的河堤上，有些树结满累累的苹果，想要去摘一些。我们安静地爬上坡，可是进不了果园。因为果园藏在一片落叶松后面。我们走到一块林间空地，那一刹那，月亮探出头来，草又转绿了。高更曾经说过，两磅的蓝要比一磅的更蓝。此处的大自然拥有着丰富的绿色调。我们穿过空地实在是出于需要，需要往前走，走到一个地方，甚于一切。眼前是一片看似穿不透的树林。我们一口气走近些，才看见一条往前伸展的小径。我们沿着小径走，就一条林中小径而言，这可真笔直得古怪，精确得奇特，避也避不得，数不清的树木漠然地看着我们，或许有些敌意。月光筛过枝干，洒得地上一摊白一摊黑，我们从亮处走到暗处，屏息不敢出声，天知道为什么。

过了一会儿，船长和珊德拉借口说苹果在别的地方，离开了小径。葛丝和我继续往前。我们会在吉普车前碰头。

远处传来枪声，回音飘荡了整座山谷，留给我们微微的焦虑。焦虑，不是恐惧。那些枪声不是朝着我们的。如果我有支来复枪，我也会发射，只为了替这夜色添些谜一般的气氛。一会儿，葛丝挽住我的手臂，指着树叶丛中的一点。我们走近些。在另一块不像先前那么大的空地边缘，有两条人影，月光下是一男一女。不论多么暧昧、多么富有暗示性，我还是喜欢日光甚于月光，喜欢那令人目眩的太阳光。而且人在月光下，景色未必如诗如画。如果时间没有颠倒次序的话，此情此景叫人想起《放大》。那时候《放大》还未开拍。何况《放大》片中的夜里并没有月亮，只有一盏霓虹灯。然而，此地挂的是一个大的金盘。它好像正沉落而不是上升，照亮即将发生的事。

上次战争时，某个像这样的夜晚，一个人在阿布鲁兹的一个村子杀死一名德国兵。我和两位朋友躲在阁楼上，从裂缝中观看下面的广场。有些人逃跑了，有些人蜂拥到发生杀人事件的房子。我会乐得付钱走出去。我们已经在那里关了一个月，以免被遣送，那晚我大半夜都醒着没睡，我常常看着月亮，想了解为什么月亮引起我一股否定的感觉。月光总透露着阴森死亡或者至少是神秘、使人痛苦的气息。我们知道这个星体的表面是白色的、灰白的，仔细放大来看，是个绝对荒凉的意象。我们知道即使它是个星体，却不发光，只是反射光芒而已。送到我们眼前的只是它荒凉的反射。在我们和宇宙之间，它插入一点美的蓝色调的灰尘，来加强对比。黑的变得更黑，反之白色和整个分色镜散放成单一的人世的白光。我们的脸孔变得虚幻，白天活生生的事物也因为改变而阴郁地动弹不得。

　　一定是炼金术在人类身上产生了作用。阿布鲁兹村子的那个夜晚，一定蛊惑了那位杀死德国兵的人，不需要太多理由就可以挑起他的妒意：那位德国兵似乎想侵犯他的女儿。也许那夜也蛊惑了德国兵和那个女孩。那人走进房间时，他们正在拥抱。德国兵的机枪靠在墙上，那人抓过枪，在楼梯上逮着了那士兵，朝他的头颅开枪。尸体往下滚到门口。门外就是"墓园的火炬"（傅立叶语，指月亮）照亮的广场世界。

　　空地中的女人正是船长想要留住的那个女人。我并不认识那个男人，他身手很矫健，从他的手势来看，他很有自信。在几乎听不见的声音里听出了她的声音，停了一会儿，才是他的声音。他们大概相隔三十米，讲话的声调如同戏剧的术语"耳语"，好像面对面似的。他们的声音交替着，没有重叠，时间掌握得很准确。我问葛丝他们在说什么。

　　"一些话，他们声音太轻……"

　　一分钟后，我注意到一个不同的耳语，不再是声画同步，像是抽咽。我看看葛丝，是她，她哭了。那是当天晚上她再次预示着即将发生的事。是一声枪响，比先前的那一枪近得多，但我不能说就是那个男人开的枪。这声枪响也一样扩散到下面的山谷，被山的沉默埋葬了。

　　那女人已不在原地。男人还在，可是忽地走开。他花了好长好长的时间才越过平地，在另一端花了同样的时间注视着那女人所在的地点——也许她仍在那儿，没有一丝气息。然后看着树林，看着大概是那女人逃命的方向。两个理论同时掠过我的脑海。若不是有所疑虑，我至少应该想办法追上那个不知名的男人，跟踪他。我为什么没做呢？我为什么呆呆地站在那儿看着空地呢？甚至在那个男人消失之后，没有什么可看的了，我仍在观望。

我记得忽然有所觉悟，很肯定的感觉。我们毫无理由在那个时刻、那种地方出现。我们两人是无用的证人，我本能地反抗着留在那儿。

我手揽着葛丝的腰，一心只想安慰她（安慰什么呢？），领着她回到吉普车上。其他人已经在那儿了。珊德拉正在吃苹果。船长有点儿垂头丧气，目光沉滞，他的眼睛看来像风中的树叶（我从哪儿读到这句话的呢？）。我们走了，葛丝的膝盖又紧贴着我的，那接触给了我如此温柔的认同感，我再也不想回梅拉诺了。我把车调了头，往相反方向走。路开始下坡，我熄了火，也熄了车灯。现在我们沿着路面摇晃的白色往下滑，滑向边境，在沉寂中听着车轮底下石砾被倾轧的声音。

注　释

1　英格玛·伯格曼（Ingmar Bergman）根据意大利音乐家蒙泰韦尔迪（Claudio Monteverdi）著名的作品拍成的电视片，但在这个国家看不到该片。

奋不顾身

在罗马博洛尼亚广场（Piazza Bologna）的酒吧，一名女子一言不发地在我桌旁坐下。她极度兴奋，告诉我她刚刚目击了一桩绑架。两个年轻人在光天化日之下抓住一个人，把他塞入一辆车子之后，便全速地开走了。他们手中有武器，路人一筹莫展。

那女孩有双美丽的深色眼睛，而顾盼的神采也非常奇特，看来十分利落。她说她是一位老妇人家中的女佣，那老妇人以前是历史教师。她的生活就像那位七十岁的妇人一样。她的世界就在窗棂里，每天下午女孩外出，在她的世界穿行游荡，她的世界就在她居住的邻间。每当她回家的时候，女主人正在睡觉，而出于无奈，她开始阅读意大利的历史。

一天，她停在街上和一个同龄的男孩谈天。他不是高谈阔论的那种。她喜欢他。那男孩子害羞地告诉她自己对她感兴趣。就在这节骨眼，她掉进了命运之网——恐怖主义、地下组织、监狱、逃亡……

奋不顾身啊。

金钱沙漠

　　在一个非常美丽的地方，一片绿意盎然，我发现了一具男性尸体。走过高高的草，我差点跌坐在尸体上。他们后来会宣称这是"自杀"。这不是我第一次看见死人，但从前我不是感到悲伤就是冷漠。碰上这具尸体，却两种感觉都没有，我另有不一样的感觉。他是个死人，但却是一位保有不同凡响的生命权利的人。我仿佛感应到他的血液随着思潮涌动，这起起伏伏逼得他采取那种行动。这个死人和我很接近，他活着的时候绝不至于如此。

　　但他显然并没有死去太久。皮肤尚未透明。如果我得向演员说明如何扮演死人，现在我知道要怎么去形容了。这个死人伸着身子侧卧，右手随意地放在颈上，手枪半掩在草丛里，好像他扣扳机那一刹那就让它掉下来了，改变心意也没有用。你会说这名男子丝毫未变。他只是很自然地从一个状态转移到另一个状态。在右边的太阳穴上有个小孔，整齐干净，洞里没有涌出半滴血。他双眼圆睁，暗示他要睁着眼死去，但是他看见什么呢？他眼睛投射的视线连接着一丛黄色的山楂矮树；矮丛后面蹿起一些榆树；榆树之间有栋屋子，前墙有一点粉红，中间有扇深色的窗户。我们在市郊，屋子的背后就是城市博洛尼亚的边界了。城市的声音到不了此处。但是那个屋子或者那个窗户开着的房间传出来的声响——人声、嘈杂声，清晰可闻。谁住在那个房子里呢？他望着一扇窗户死去，也许里面站着一个女人，他就在那中弹的一刻看着那女人死去。她会听到远方的震响，却什么也不想。

不，这并不是爱情故事。这是个关于钱的故事。我向来对钱无比好奇。好奇而不是兴趣。我准备开拍《蚀》时，眼看着几千万里拉在九小时之内，在证券交易所里化为乌有，证券交易所里总是不乏输家，但恐怕也没有赢家。在拉斯维加斯，我看见一个女人整个下午都花在吃角子老虎机上，等到机器终于吐出一堆五毛钱硬币时，那女人碰也不碰就走开了。她是那种目中无人的女人。我真想和她谈谈，可是在拉斯维加斯，话语是没有什么分量的。话语在意大利可是大有分量，有时还大过金钱。我的职业特性就是知道如何与人说话，如何叫人开口说话，如何变成他们需要时倾吐的对象，不论在什么绝望的情况，都能以他们为主角来诉说他们的故事。

嗯，我进入那栋屋子，我走近窗户：死者被抬走了，草原被遗弃了，奇怪的鸟飞过。在我旁边的是一个二十四岁左右的女孩，是我在调查时碰见的两个女人当中比较年轻的一位。和那位死者一块儿，她们是这份报告或故事中的角色，因为我得把收集的素材当作酝酿中的电影。如果电影没拍成，这些素材就变成负担，我写下来好解放自己。所以我是个写作的导演，不是个作家。

这次角色比故事更扣人心弦。他们的卑贱、兽性、幼稚、缺乏生活的才智，还有彻头彻尾的一致，使得他们令人既沮丧又感动。他们的名字是：埃玛、欧蕾拉、利奥纳多。

埃玛　三十六岁。相貌端正，漂亮。她丈夫死后，她利用亡夫的熟人圈子进入商界。她并不让别人觉得她是个贪婪的女人，如果是的话，她倒会觉得有趣。她不拘小节，这使得男人很自在，对女人则没什么作用。她知道如何煽动和保持开阔的胸襟，最重要的是她能容许别人的开阔胸襟。她常去夜总会，较少去迪斯科舞厅；她在一家夜总会认识了利奥纳多。她舞跳得很好。跳舞时，她谈论着钱的数目，本票、合约——这些她都以一种无人能认出的象形文字来签名。她随便别人怎么想——她很诚实 / 她不诚实——随他们怎么想，只要不给她造成麻烦。但是如果他们谈起家庭和孩子，她就会很感动，因为那正是她最想要的：一个平静安详的家庭。但只在口头上才当真。实际上，从她进入渺小的财务世界那一刻起，她和另一个组织家庭这种常规的世界之间就筑起了一道墙。她真正的生活运作驱除了这种正常性。她早上九点钟醒来，得到凌晨才停止工作。她的日子随着约会的旋律打转。她筹划许多交易，但如果不能及时解决，她就得放弃。通常她借由和其他当事人辩论来解决事务，但解决事务却又不像了解诗真正贴切的内涵一样，就像保罗·艾吕雅（Paul Eluard）反对"有目的的诗"而提倡"自然流露的诗"。

她吃得很少，但很讲究。穿着也很讲究，中产阶级的品位，但又好像不在乎。其实她很在乎自己。也许有人会说她唯一不曾间断所思、所感的就是她自己，指的是她不停地需要感觉自己活着，以原本的面貌关在自己的密室里，就像胎儿在子宫里似的。她完整地为自己构筑了一个世界，她自己就是这个世界，进入其中是特殊的礼遇。

欧蕾拉　我想死去的那个男人从来不曾享有这份礼遇。那就是问题所在。雇用秘书就是为了解决问题。欧蕾拉几乎是以愧疚的心情接受这份工作。她既无效率也不漂亮，她也知道。她喜欢说话，这在他们反反复复的关系中是她的一大长处。尤其是她说的话，都是他从来没想到过的。例如：

"你知道几百万年以前，蝎子住在海里吗？"

欧蕾拉还通晓一些英文。她进修贝林兹课程。一天早上她走进办公室，宣称昨晚学了一个适合形容金钱的词：Zest。

利奥纳多问："那是什么意思？"

那个词的意思就是口味、趣味、香味，还有"吱吱作响"的感觉。这是一件他做梦也没想到的事情，钱还能有趣味、香味。像他这种人，靠金钱生活，买卖金钱，金钱是唯一永远需要的商品。他说这倒是一项发现。

欧蕾拉嫉妒利奥纳多。这男人和埃玛的关系有着强烈的惯性，即使他们分开时也摆脱不了。实际上，埃玛简直就是成天在办公室里头。她签的本票，她提取的汇票，以她为抬头的支票，她署名的借条——这些都是他们谈话时引用埃玛名字的缘由。欧蕾拉不认识她，不曾见过她。埃玛总有办法回避她。也许是因为这样，欧蕾拉才对她那么好奇，问她的事情，想要知道。她要他解释和她们两人做爱的差别，谁的阴蒂比较大，埃玛在高潮时是否说话，又说了些什么话。

我问她那个男人有什么地方吸引她，给了我两个答案。

"他非常有男子气概。"她说。没有再提其他的事。但过了一会儿，她又想了一遍，好像记起来似的，又说，"还有他很诚实。"由于处理金钱，他学会了诚实。对钱，你不能说谎。钱会立刻泄露真相。最令我吃惊的是她的逻辑、她的实际。她外表上心不在焉、欠缺大脑，但紧守一件事——很有分寸，她的野心顺应那些分寸，她和那男人的行为则顺应她的野心。她要爱他，她也成功了。她想要使他爱她，但是他的死亡叫这主意黯然，她已经算出自己的胜算有多少了。

她说："我犯了一个大错。上次他甩掉我的时候，我拒绝拿他的钱。那时候我的股本就往下跌了。人是不能拒绝钱的。"

利奥纳多给她钱当作分手费，她的拒绝激怒了他，因为那表示他计算错误，他觉得欠了债。他不喜欢欠债。他从父亲身上继承了一笔美丽的资本——诚实。

利奥纳多　对欧蕾拉问他的每个问题，他一概以和善而高高在上的口气回答。他不觉得自己得了奖赏，因为她所问的问题给予他的快感远超过他给她的答案。就像一个母亲为她的宝宝洗澡，帮小男孩洗脸时，他大声尖叫，一旦海绵碰到他腹部下方两腿之间时，他会立刻安静下来。这是母亲不知不觉的手淫动作，而她却以为这是爱。利奥纳多听欧蕾拉说话就有这种快感，他认为这就是他给她的爱。他不知道还能给她什么，其实他连这种快感都不知如何给她。他什么都不知道，什么也不了解。他只知道做事，独自一人或在两件韵事之间的空当，做得越多越好。既然为自己做事表示净赚，他就赚更多，更能专心。他把自己关在房间里，大白天也钻进床上动脑筋，动生意脑筋。就在那一刻，他启动上好油的机器，由着本能的狡黠和多年来累积的经验推动。一个钟头左右，他解决了。好像在解决问题，从一个符号进入下一步。

可是埃玛的出现迫使他采用不同的技巧，一个他不熟悉的合作技巧。再则因为她不像他有强烈的第六感，做生意时第六感很管用。金钱在焦灼的大地、精神的荒漠上繁衍，那儿连一粒沙也没有，因为沙粒表示蕴藏着未知的生命，一夜的雨就足以叫那生命抽芽成长。我曾见过这种景象。夜里有一场暴风雨，第二天醒来时，看见沙漠上斑布着百合花，灿烂无比。可是金钱的沙漠是石砾的沙漠，被毫不留情的风吹磨得光滑了。吹散所有的思想、感情和欢乐。

这些就是角色。事物的肌理有如几何定律般单纯。开始的处境是个典型，一个生意人雇用了一位秘书，结果她变成他的情人。一年后，他结识了另一个女人，便以自己的方式爱上她。他和第一位分手，这是第二个女人开口要求他的。

她说："我不想惹麻烦，可把前任留在办公室对你公平吗？"

他们故事的第一段并不长。我跳过了他们冲突分手的原因，我想是生意垮了。我知道事情发生时，他会转向欧蕾拉寻求安慰或陪伴，或只是为了听她的声音。而像他那么实际的人，当然要将她复职。第二段比较长一些。第三段长得不得了。每次他都付给那女孩一笔钱，钱数随着货币贬值而增加。这份感情和金钱的跌落涨停很荒谬。另一方面，每次和埃玛复合，就可能有一大笔由她提出的金钱投资随之而来。他还能做什么呢？拒绝她是他最不愿意做的事。

最后一个计划风险很大，得时时争论到底钱是什么，非常累人。计划成交了。两个人都为所获得的利益高兴满足，两人都相信他们很快乐。回家途中，他们决定去著名的度假胜地住一宿。可是冬天了，整个地方都关闭了，毫无色泽，海是白色的，吐着泡沫，小径潮湿，树枝光秃。流云奔窜在他们头顶，有一股平淡无奈的气氛。他们停留了几分钟，盯着一块夏天的凉篷被风吹得拍打着窗户，倾听它的环扣敲击着玻璃。凉篷要接近玻璃时，影子就印在玻璃上，被吹回去时，影子又消失了。结果他们在一家夜总会落脚，那儿正在试演夏季的节目。有个伊朗歌手唱着一首失恋的歌，关于未曾送抵的信——"我也写信给你……信中充满我的泪……亲爱的，泪水都在我的信里。"

埃玛忽然哭了起来。他看着她，没有忧伤，没有痛苦。回到旅馆，他们都沮丧地相信自己并不快乐。也许他们的确不快乐。他们平分利润，签了两张支票，分手了。

欧蕾拉告诉我一个奇怪的细节：离开埃玛后，利奥纳多像平常一样去找欧蕾拉，却发现她冷漠且遥不可及，彼此无话可说。那天又出太阳又下雨，在街上分手时，他们握手，其实他们伸出了手，可是碰也没碰。欧蕾拉说她并没有看他，而是看着雨中那两只湿答答没有相碰的手。

最后那人只有孤独的自己，带着不再有任何气味的金钱，他最后真的只有孤独，太孤独了。

既不在天堂，亦不在人间

这个构想是以一个未知的地点为背景。如有雷同，纯属巧合。

主角是一位物理学家，一个熟悉 μ 介子、反粒子、轻粒子的人，他可以通过计量为它们下定义。在研究看不见的真实世界里他极端进步，可是和看得见的——也就是日常的真实世界——关系却退步得叫人难过。他在科学领域里开放和深入的见解一如他对普通事物的看法狭隘陈腐一般。尤其是那些密切影响他的家庭和他所属的小区。这个小区的范围不过几英里方圆，他住在那儿，和外面的世界很少接触。小小的别墅精雕细琢，都围绕着粒子回旋加速器而建，它们的营养品就是微物理的观念和陈词滥调，介于诗和布尔乔亚愚昧的科学突破之间。

住在粒子回旋加速器附近的工人和农人视他及他的同事为不知名的动物。最令他们吃惊的是这些科学家所说的都是相同而又简单实用的语言，用的是相同的字眼来谈论那些既不在天堂，亦不在人间的事情。

一堆谎言 [1]

旅程中有五个人。

一位教授、他的妻子、他的朋友人类学家、人类学家的情妇以及一位医生。这趟旅行又远又危险。结果形成了一种所谓的典型布尔乔亚心态。

有一天，人类学家告诉教授说自己的情妇爱上了教授。教授感到非常不安，他对妻子非常忠诚，不希望有一丝隐瞒。他问其他人是否知道？是呀，他们都知道。他的妻子呢？他的妻子也知道。人类学家的情妇自己告诉了她。除了教授本人，她告诉了每个人。恋爱中的女人不肯对她衷情的人表露感情是种古老而愚蠢的风俗。可是教授的妻子觉得置身其中很有趣，就告诉他了。

没有说出来的真相是否就是谎言？可能是。可是教授小心翼翼地没有责备朋友的情妇。有些谎言有用，有些有害。如果他能在与妻子的关系之间挑起一点儿妒意，那真是天赐良机。所以教授提出继续旅行的唯一条件是——情妇和其他人都得假装什么都没有改变。不准演戏、争吵、互相指责，不准闲言碎语。

以下就是过程。可是从那一刻起，五个旅行者之间所有自然的关系都消失了。没有明显的尴尬处境，只是每个人接触对方时越发地有礼貌，小心谨慎。慢慢地，他们都陷入虚伪的网中，这趟旅行的初衷已然溃散。其中四个人同意终止旅行，独有教授不赞成。新的情势达成他的目的，给他带来多年来未曾有的飘飘然。他早上醒来，心里想着：另一个女人进入他的生活。这个想法不曾成为事实，可是为他的一天注入新的情趣。

这一切都持续到他的妻子宣布新的事实为止。那个爱上教授的女人忽然爱上医生了。团体中没有人知道。妻子说这项告白只对自己一个人说了，好解除那个女人的负担，她好像真的很诚恳。但这也只是谎言。一个婚姻中的小伎俩，设计来个一石二鸟，一方面阻断她丈夫可能成真的风流韵事，另一方面遮掩另一段她和人类学家的情妇之间刚刚萌芽的爱情。违背婚姻的承诺和同性发展恋情已经不是通奸的行为了，而是在政治空间里所称辩证法的征服，而且并不会造成良心的不安。对这女人而言，她们好像在梦里旅行。对丈夫来说，是一片没有色彩、没有地平线的大草原。他觉得受骗了，在妻子和自己的眼里捉弄了自己。他强烈的受骗感弄得他在最后几天想暗中把这件事传出去。可是他并没有朋友可以倾吐心中的酸楚。以友谊而论，应该向人类学家倾诉。可是他正是最不该被告知真相的人。

所以这趟旅行和这部电影就在这种怀疑和三层假象的气氛里进行。五位旅行者经过丰饶的大地（姑且说是秘鲁），草原在渐暗的天光中消逝在太阳底下，奇幻的黑森林里到处是鸟儿、瀑布和他们看不见的峡谷，连大自然也在撒谎。

注　释

1　意大利语的标题是 *Un mucchio di bugie*。为了考虑英语市场才标为 *A Pack of Lies*（一堆谎言）。

他们已谋害了一名男子

他们在费拉拉谋杀了一个人，将他的车子推进波河的支流。冬天，大雾迷漫乡间。车子整晚沉于水底，车前灯未熄。[1]

简述这名男子的故事，他最后的瞬间告诉我们的信息不多。在那相同的夜晚，在那个地方，水中车灯的刺眼光芒，一定出了别的事。水汪汪的亮光打在雾上，就像结霜的窗玻璃，太富有暗示性了，不可能弃之不用。而且从事实引发的叙述结构有其新奇，那事实——严重如犯罪——到另一个与前者无关的事实之间，唯有被同一盏灯点亮的关系。

注　释

1　这个意象在安东尼奥尼的作品里一再出现。《蚀》（1962）中，皮耶罗（Piero）的车子被酒鬼偷走，开进人工湖底，被打捞起来的情景——车子沥出水后，车前灯仍然亮着。在《一个女人的身份证明》（1981）中，汽车的前灯穿过层层的浓雾，好像穿透水面。

事物危险的脉络

当我被问到一部电影如何产生的时候，难以了解的正是生产本身——分娩、"巨响"、最初三分钟——是如何发生的？还有那三分钟的影像是否有自己内在的生命？换句话说，一部电影到底是源自作者内在需要的反应？还是源自被那些影像所提及的问题，而这问题是否只是一个问题，还是有什么存在论的价值呢？

下面就是一个例子。

某天早上我醒来时，脑海里有些影像。我不知道它们打从何处来，是怎么来的，或为什么而来。接下来好些日子，它们一再出现，我无法阻止，也无法消除。我继续看着它们，记在心里，然后写在笔记本上。

我在此转述、记录一部电影的构思如何在不同的地方、不同的时刻形成孕育。[1]

罗马 一九七七年五月二十二日 下午五点三十分

在南部的沙滩上，一个女人撑着一根手杖。我没有理由说这是南部的沙滩，可我就是知道。那女人拿着手杖跟随一条像手杖一样黄的线走。她穿着白色上衣和棕色系的裙子，黑色的高跟鞋，颈上缠着一条很长的白围巾，染了色的头发扎在颈背上。我无法确定围巾的颜色，但我写来就好像她的衬衫一样透明。我推想着那个女人没有什么压抑之事，而且很美。

一个欠缺色彩的白天正在孕育成形。海面平如明镜。

巴黎　同一天　晚九点二十五分

那女人不停地向后看，向右，向左，一点儿也不好奇。

海洋尽头是尖岬，上面长满灌木丛、野生植物，非常非常陡峭。她只有看着那个方向时才显得有些忧虑。这忧虑的原因是个淡紫色的斑点，每次我一想要捕捉，它就在我眼前溜走。

巴黎　五月二十七日　早晨六点

通往沙滩的小径布满着沙尘，非常陡峭。两匹马走下小径，肩并肩往下溜，使劲用蹄子往下，扬起一大片沙尘。

一个女孩从尘沙中走出来。

女孩走上小径，遇见了走下来的马。她从两匹马之间穿过，仿佛没看见它们一样，专心地注视着前方，看着某样事物或者某个人。

可是上面没有人，也没有东西，只有风。扬起沙尘的是风，不是马。马已经消失了。

乌兹别克斯坦的基瓦　六月二十六日　早晨六点四十五分

天空是透明的，让人觉得从这一刻到下一刻，你可以看得更远，看到无限。天空是一个颜色，无限是另一个我们无所知的颜色。

我心中忽然澄清了一件事：那两匹马是属于那女孩父亲的。它们是两匹老马。她小的时候，它们是小马。现在它们十二岁，她十八岁。她母亲怀她时，她父亲六十九岁，母亲五十岁。

她觉得自己是怪兽。

塔吉克斯坦的科坎　五月二十八日　下午四点三十分

我不知道女孩和女人之间的关系是什么。她们肩并肩重新出现在我眼前，女孩的粉红被女人的棕色加深。女人慢慢地往前走，那女人领先女孩一步路。总是走在一块儿，很近，但没有碰触。很重要的是，她们是两个单个儿的人，不要混淆，她们之间总是有些小小的距离，表示她们移动的爱情空间极度狭窄。

也许她们彼此相爱，也许她们彼此认为爱着对方，但却不是真的。但是如果她们的感情没有证人的话，那么对谁来说都不是真实的啊？

墨尔本　七月九日　晚八点四十五分

女人和女孩再度出现在沙滩上。她们在这里好像在家里似的，一天大部分的时间都耗在这里。

我好像想起来了（这资料有些回忆的滋味）。那女孩有个比她大几岁的姐姐，因为父母年纪太大了，这个姐姐就是她整个家庭的全部世界。姐姐死后，那女孩深深地屈服于寂寞的感觉，内心空虚，甚至失落——好像她的一部分被带走了——所以她决定找个人代替姐姐的位置，好让她可以推卸感情的负担。

现在她认为自己遇见了这个人。她喜欢她们之间发展出来的契合，干净清爽。

悉尼　七月十三日　晚十点

那干净清爽的关系不是真的。有一天晚上，当她看见那女人睁着沉滞的眼睛专心地盯着她自己的床脚时，那女孩明白了。

我们无法知晓那房子是女孩的，还是那女人的。只有一张床，没有家具。床前有一扇窗子开着。窗外可以看见海滩上有一堆火，马儿走来走去，火光中闪着它们的影子。

从前它们还是小马的时候，经常在沙滩上狂奔乱跑。

那女人对女孩说了些什么，我听到声音，但听不清楚。声音里没有半点让人听懂的事。这只是个念头，是福克纳的《萨托里斯》（*Sartoris*）[2] 暗示的——"如果你不幸坠入情网，我就杀了那男人。"

巴黎　十月十八日　早上五点三十分

那女孩和一个男人在一起。我不知道已过了多少时日了，但那并不重要，男人在说话，比手画脚地，头也有些小动作。从那女孩子期待倾听的模样看来，很明显，她对他的话很感兴趣，她对他也很感兴趣。她用看海的眼光看着他——同样着迷的眼光。

巴黎　同一天　早上九点

是早晨了，外面下着雪，我正思考着这个故事暧昧难明的地方。我说我在思考，是因为这次不是即兴的影像把我带回情节之中，我得强迫自己。忽然注意到了电影从无中生有的无意识，如果我不对它设限的话，就永远成不了事。换句话说，是组织念头的时刻了，不过仅限于念头而已。得将这些直觉的材料转化成映像的本质。想出主题来表现场景，破题、发展和结局，总之就是结构。拍电影必须叫人可以理解（我差点儿想说"可以吃"），你得帮它提供它自己的一套意义。罗兰·巴特说过，一件作品的意义不能建立在自己之上，作者只能制造意义的联想，如果你喜欢，也可以是形式的联想，它们是由世界来填满的。

可是巴特怎能依赖像世界这么不可靠的实体呢？

脑里有了这些念头，我望着雪落在屋顶上，我被诱惑（不只是诱惑，而是好奇，想弄清视觉的效果如何）想让雪落在沙滩上，还有马身上，然后把两位女主角一起放在窗前看着这个景象，沉浸在轻易妥协，或不安、痛苦的气氛里。

那男人的出现可以放在第二卷影片里。我可能要把他处理成一个成熟的男人，不再有爱情所需的耐心和不自觉，不再有爱的语言的男人。

那女人的处境不同。她对女孩所关心的事毫无知觉。她在女孩身上看到抗拒，比较不像生理上的，而是心理上的，她决定要帮女孩，给她快感，如果这快感是建筑在那男人身上，那就更糟了。只要他们不要把她摒除在外就好。她威胁说要杀害他，但那太明显，如果她们走到这一步，她们的爱情就注定要结束。虽然她能够成熟地忍耐，但她忍耐不了。

女孩呢？她比较没有事先的设想，而且也最没看透她们卷入最危险的纠缠当中。对她而言，女人和男人只是一个处所，就像那房子和那马匹的沙滩，都象征着她的孩童时代，住在里头可以满足她的情感和性欲。

巴黎　同一天　午后一点

我又回到窗边。刺骨的寒意使得整片白色的景色更加生动。从这片白色里，我觉得自己像盯着空白的扉页，得要开始写作，或者说是巨大的银幕等待被填满。

有人说白色是颜色的影子。当我匆匆晃过这个念头时（这是鲁道夫·斯坦纳[3]的说法），忽然一片厚重的影子笼罩在已经想象到这种地步的情节上。其中的纠缠、其中的曲折、其中的压迫感一再扩散，然后又消失无踪。留下的只是一则平淡而直线进行的故事，两个女人在不同的时间爱上同一个男人的故事。机缘使得她们相遇，谈论这个男人，他因此变成她们联系的原因，她们之间的联系并不会比她们和他之间的浅。没有回忆的嫉妒，只有友谊。所有感情中最清明的，也最有问题。

这就是我要写的主题。几个月后我从基瓦回来时写在笔记本里，就一直留在那儿，被遗忘在一家小旅馆内，我记得那家旅馆宽敞的走廊和污秽的厕所。

奇怪的是，这个多年前诞生的主题，我后来重新写过，变得很理想，而且纳入我要开拍的一部电影里。事实上是它的结尾。这些都暗示着，如果只是因果因素把这件事耽搁了，那就得承认心里有同等的动作以及因素——这往往和我们生活中真正的事件结合（或者切断）了。

注　释

1　下文小标题意指安东尼奥尼所处的地点及时间，其后的叙述即他当时的构思。——编者注

2　福克纳于一九二九年出版的小说。是他第一部以虚构的约克纳帕塔法郡为背景的长篇小说。——中译者注

3　鲁道夫·斯坦纳（Rudolf Steiner），奥地利科学家、艺术家、编辑。——中译者注

谁是那第三人……

　　每当我拍完一部片子，总是费尽心力开始构思另一部。这是我唯一能做的事，而且是我知道该怎么做的事。有时我流连于曾读过的一行诗句，这首诗完全撼动着我：

　　　　谁是始终走在你身旁的第三人？[1]

　　当一行诗变成一个感触时，就不难把它放进电影里。这行艾略特的诗经常引诱着我。他不让我有个静谧的空间，那个总是走在你身旁的第三人。

注　释

1　出自《荒原》（*The Waste Land*）第五卷，艾略特注解说明该行诗指的是沙克尔顿（Shackleton）的南极探险，那些探险家疲惫至极，认为还有第三人——基督——他们假定祂还与他们同行。沙克尔顿自己要么是在引喻，要么是无意识地回想起使徒在伊茅斯（Emmaus）的事件。——英译者注
　　后来英国小说家格雷厄姆·格林（Graham Greene）借用此句为灵感，写了电影剧本《第三人》（*The Third Man*），由卡罗尔·里德（Carol Reed）拍成电影，一九四九年获得戛纳国际电影节的电影节大奖（即金棕榈奖前身）。——中译者注

百合花瓣里

在百合的花瓣里呼吸……

我记不得是谁写下这首诗的另一行了。可是我第一次读到的时候，是在多年前的一封信里，那封信可以成为书信体电影的一部分。

我所谓的书信体电影恐怕还需要讨论它的技术问题，而在这里场合也不对。我提到它只是因为这种潜在的电影形式能够增加我们对不在场的对话者产生的感觉，亦即让收信人露面或倾听他说些什么。[1]

写下面这封信的女人完全是一副自我告白的模样，她正在想一个男人，想着他可能会有什么样的反应，最后会如何回信给她。她在向他挑衅。她的话语背后其实有着更多他的影子。我是指为了信的长度，我会把镜头对准收信人的时间至少和对准写信人的一样长，好去感觉他们声音的碰撞。

最亲爱的：

周日你来看我，我的一个星期也到此结束了。我们不能再这样下去了，这样痛苦地结束一个星期，然后再从星期一重新开始。我觉得自己摔得遍体鳞伤，我再也不相信了。还能怎么办呢？你想还有别的办法吗？昨天我早早上了床，想要痛哭一场，好好想一想，放松一下自己。我未曾合上眼，从来不曾这样盯着房间过夜。桌上有朵百合花，整个房间都浸浴在花香里。百合花瓣里的阴影，把百合花衬托得更白了。我把嘴凑进那影子里呼吸，直到快昏厥为止。我到了今天早上才睡着，也就是星期一。

注 释

1 在电影《夜》(1961) 的最后段落，安东尼奥尼用上了书信体的设计实验。莉迪娅（让娜·莫罗 饰）念着她丈夫（马塞洛·马斯楚安尼 饰）早年写的情书，她读信时，摄影机探索着他们两人的面部表情。这一幕受到很严厉的批评，说文学意味太强，太不像电影了，但是摄影机探索了两人之间的紧张气氛，非常视觉化地表露出他们现在与过去的关系。

轮　子

　　一个已婚男子，没有小孩，有个交往两年的情妇。他妻子知道这件事，唠唠叨叨地要他终止这种暧昧的生活。男人答应了，但请她要有耐心。

　　"你看着好了，会结束的。你明知道我是什么样的男人。"

　　罗伯托说了两年。他是个很瘦的男人，四十岁左右，非常擅于表达，但由于懒散，动作十分迟钝。他的妻子叫帕特里夏，肤色清爽，眼睛明亮，玉手纤纤。天生惴惴难安，现在更加严重。她已无法再忍受丈夫的外遇了，某天晚上，她纠缠不休。

　　"有我就不能有她。"

　　因为她丈夫无法痛下决心，她走了，暂时住进旅馆。他亲自陪她去。

　　离开旅馆，罗伯托非常沮丧。他不知道自己该怎么办。他不知道如何度过这最初几个小时不曾预期的寂寞。他得跳脱出心中沉浮的罪恶感，还有妻子半夜离家搬进旅馆，这使他痛苦。他的整个婚姻生活里有渺小但珍贵的喜悦。他很想告诉旁人，可是想不起在这种夜晚能去找谁。或许就是他的情妇？身为牵连者，她是最不合适的人，可是他别无选择。

　　他一抵达就躺进她赤裸的臂膀里，一阵甜蜜，他们缠绵了一番。欧嘉有双快乐的眼睛和一只完美的鼻子。她的一切宛如完美的化身，她的个性赋予她一种神秘的气质，她总是在你想要她在的地方。如果你在某个地方找她，她就会在那儿。她就是那种女人，她们的存在叫人很是愉快。

罗伯托把每件事都告诉她。欧嘉举起手，那姿势好像在说："我又能怎样？"可是那个姿势之后，紧接着的是几滴眼泪缓缓流过脸颊。她拒绝现在他和他的妻子指派给她的角色，准备退居一旁，放弃他，如果必要，就从他的生活里消失。她憎恶使别人痛苦。告诉他这件事时，她满脸涨红，眼睛发亮。这种感情激怒了她，这也最像是她。

罗伯托上上下下打量着她，说："如果你离开，会使我痛苦的。"

可是第二天早晨——他婚姻生活头一遭——独自一人醒来。白天的张力不再支撑着他，浓烈的伤感淹没了他。那天他有很多事要做。不管做得是好是坏，他都做了，接近夜晚时分，他到妻子的旅馆。他看见她和一位他们相熟的女友在一起，两人都醉了。他在其他场合见妻子醉过，一种愚蠢的癖习，偶尔来庆祝她们的个人独立。

有一次他问她们："我能陪你们吗？"

答案是："怎么会有你的份？如果我们不单独在一块儿，我们怎能独立？"

帕特里夏坐在刚刚吐过的马桶上。一股臭气冲向罗伯托。她的朋友坐在地板上，一副莲花半开的姿势，手里托着杯子，好像杯子是朵花似的。这位朋友一看见他走进来，就站起身，消失了。帕特里夏开始口齿不清地说着典型的醉话。"你知道……你知道我从来不曾有过二十岁吗？我十八岁嫁给你，现在你看看我。我三十岁了，结果变成孤家寡人一个。"

她百感交集，双手一把抱住他，不停抽咽。

"别离开我……别离开我！"

她曾经同样地耳语"我爱你"。而他，就像他曾经做过的那样，抱住她，清清楚楚地感觉到再也没有一件事情和过去的相同了。从前在和她亲密的生活中找到智慧的感觉不再存在了。现在只有良心问题。还有就是要安抚她，答应她如果她肯回家，他就不离开她。

帕特里夏把身子一抽，好像被拒绝似的。在他离开那女人之前，她绝不回家。他凭什么说没关系，说他会去做她所要求的，这让她觉得大惑不解。不消说，她毫不后悔，她对重燃死去的罗曼史没有一丝眷恋。也许他说"好"，因为对他而言，那女人已经死了，死人的愿望应该受到尊重。也许他没有台词可说，必须把戏演完。他决定立刻去倾诉一切事物，就去说给欧嘉听。

在途中他碰见一个女友。她只要看看他的脸，思量一下他的沉默，就知道出了多少事情。

"别傻了，你那并不是在解决事情啊。"她轻轻地告诉他。罗伯托唯一的回答就是低下头来吻她。他们之间经常如此，他们接吻就解决了问题。

他的父母在他公寓门前的树下等他。罗伯托被迫编个借口解释妻子不在的原因。他的父母非常喜欢帕特里夏，至少口头上是如此。实际上就好像她根本不存在似的。他，他们的儿子，他们自己的血肉——他就存在了。他的母亲是个非常聒噪的女人，爱管别人闲事，动辄发怒。而他的父亲对谁都不感兴趣，非常平静。他父亲用说话来填塞这份平静，别人则以听话来加以安抚。可是罗伯托总想得很多，不能忍受他父亲空洞无物的言谈。

他走到门边说:"妈,我们为何不杀了他?"

十五分钟后,他到了欧嘉那儿。那女孩给他的感觉是她在等他。温柔美丽,跟平常一样陶醉在爱情里。罗伯托想都没想要告诉她,他如何信誓旦旦地承诺帕特里夏要告诉她的事情。他们的谈话甚至还转了弯,朝相反的方向去了。他开心地谈到婚嫁,也许到墨西哥结婚,顺便蜜月旅行。他们整晚都在一起,沉浸在无忧无虑的气氛里,不知道他们投入了某种寂寞之中。

日子一天天地过去。他们结婚的念头越来越强烈。罗伯托每天都去见欧嘉,几个晚上是在餐厅里。他在一家餐厅遇见帕特里夏和一群可怕的人。他的妻子向他点头招呼,好像觉得很有趣,他仓皇回敬免得露出受伤的感觉。他离开那家餐厅,带欧嘉去了别家,可是那晚废掉了。而且欧嘉搞砸了一件事。那天是罗伯托的命名日,在餐桌前,那女孩从皮包里拿出一个包裹递给他。一件礼物。罗伯托把包裹拿在手上翻来覆去。他们在一起已经一年了,类似的情况从未发生过。欧嘉不知道他不喜欢接受礼物或是有人替他庆祝命名日,他不喜欢说谢谢。结果罗伯托把包裹放进口袋,没有打开。他想起帕特里夏对礼物心理学有自己的理论。

第二天他去找帕特里夏。他到了那儿的时候,以为她会鄙视他在餐厅的举止,可是她很平静,显得很遥远。他把自己的感觉说了出来,而她则开始笑了起来。

"如果你认为我遥不可及,那是因为你站在远方看我。"

事实是她努力要和他疏远,因为她以为那正是他所要的。

我常常想起我们的情感和心理处境的荒谬。更过分的是，在这些房子里构建和生活的荒谬，这样的爱，就像悬挂在空中硕大（和什么相比呢？）的球体里。想给罗伯托的性格注入新的冲击力以避免这种愚昧，这种诱惑非常强烈，可是我正在诉说的故事在轨道上往回退了好远，退到拍《夜》的年代，那电影好像应该有续集。若把它推往另一个方向，可能会有脱轨的危险。

　　所以罗伯托一阵惘然。他只要伸出手抓住天赐良机，那个叫作"帕特里夏"的长括号就会结束。可是他没有。他做了相反的事。他告诉妻子他和情妇之间全结束了。她站在那里怀疑地望着他。

　　她喃喃地说："再说吧！"

　　罗伯托转了话题："你帮我个忙好吗？打个电话给我妈，她已经有一阵子没看到你了。"

　　帕特里夏有些勉强地打了电话。她的婆婆要立刻见她，婆婆有很多事要做，但会等她来，她这会儿就在家里等他们来。帕特里夏想办法逃避这次痛苦的会面，可是对方强烈坚持，他们不得不去。当他母亲和妻子在卧室里时，罗伯托和父亲在一起。他一直说话，罗伯托在听，觉得自己沉溺在陈词滥调的旋涡里，文字的意义渐渐消失了，可是声音没有消失。那人的声音很像普通的声音，变成我们的一部分，例如海的声音，往往变得听不见。你不能倾听一个人的声音，罗伯托想，不然他会发疯的。

　　他们走到街上时，他已经疲惫不堪。连帕特里夏的存在此刻都变成负担。他需要独处，不要帕特里夏或欧嘉，他要回到现实世界以及他的自我意识中去。

帕特里夏好像意识到他的想法，从他身旁退后了几步。

她说："听我说……听我说，和她在一起吧！让我走。我会照顾自己的。"

"可是我不要你照顾自己呀！我要……我要看见你的笑容。"

他拿钱给她，很多钱。帕特里夏笑了，可是不知道为的是什么。

走回家时，他好像突然失去了视力。他的眼睛变暗，脑袋一片混沌，这黑暗从他身上散发到身外的每件事物。但是他不难了解这黑暗其实是在他心中，就在那儿，他的目光转而注视他的良心，那儿除了安静什么都没有。不诚实的是他，是他给帕特里夏希望，向父母撒谎，答应娶欧嘉。然而他觉得这是一番诚恳的心意逼迫着他这么做。他以自己的方式对他们诚实，他依照他们的希望去做，他只对自己撒谎。

这个结论让他稍许平静了些，但为时不久。只够让他回想从前在书里读到的一句话，当时那句话好像很神秘，现在则不然了："每件事都有可能，每件事，除了诚恳。"

那天晚上，他又和情妇在一起。他原来希望和她度过平静的几个小时，那让人快乐的几个小时，然而他又忽然面临新的状况。欧嘉要离开。她得回老家，那是亚德里亚海边的一个村庄。她以前回去过，有时候和他一起去。这次分别是件新鲜的事。但这是真的分别了。欧嘉告诉他时，罗伯托垂下眼睛看看手表。他需要时间观念。然后抬眼看着女孩。

他说："你是故意的。"

欧嘉对他甜甜一笑。接着，仍旧微笑。第二天上火车前，她任自己被拥抱被亲吻。由于羞愧，罗伯托没有留下来等火车开走。为了相同的原因，那天晚上，他没有打电话给她，第二天早上才打，欧嘉出去了，没什么好紧张的，她一回来就会打电话给他的。可是他没有接到欧嘉的电话。下午他又打了电话，晚上又打了几次。如果没和她说话，他就无法入睡。结果他没有和她说话，也没有入睡。

他抵达时，那地方依然沉浸在清晨的宁静里。这是意大利常见的地方，看起来不像意大利。对进行过世界旅行的人来说，这是个没有名字的地方。

罗伯托不慌不忙。现在去欧嘉家还太早，此刻她就近在咫尺，可以懒散一下。他在码头一家酒吧阳台上的桌前坐下，叫了杯卡布奇诺咖啡，一边写明信片给妻子。啜着咖啡的时候，他看着风景。

那边的海冲刷着长条海岸——那里长着棕榈树，沙滩的沙子细白，到处是矮灌木。因为海水清澈，沙子细细地筛入海底，不减洁白。有一边房子突出于松树之间，另一边是奇特的岩峰，叫人想知道海底到底是什么模样。此处没有火山地形，只有侵蚀地形，嶙嶙岣岣，天知道是些什么，还有石油。在海岸外围，他看见一座眼熟的海上油库。在史前时代，地球的次运动在地球四处造成地盆，把数不清的亿亿万万的鱼卡在这里，形成水酵素，转化成石油。可是在码头下面，海水虽然平静得像湖，海依旧是海。你可以看见翠绿的海草像海水一样平滑，像其他事物一样平滑。

这是正在歇息的风景。

拍《扎布里斯基角》时，发生了一件飞机紧急降落的事，我们当时利用飞机往下降几英尺拍摄其中的一部分，低飞过那女孩演员驾驶的车子。那是一架小飞机，起落架是固定的，我们第一次用这种飞机。平常用的飞机是机动性比较大的"塞斯纳177"（Cessna 177），起落架可以收放。也许驾驶员以为他在驾驶"塞斯纳"，也许是计算失误，结果我们撞上车顶，把车顶捣毁了，还严重伤到我的助手，他和女演员一起在车内。碰撞很轻微，我往下看，看见一只轮子在车旁飞滚，我立刻问驾驶员吉姆，我们是怎么搞的？撞到车顶却把车轮撞飞了？

吉姆回答："那不是车轮，是我们的——前轮。"

原来是我们的起落架少了一只轮子。那表示得紧急降落，可能有机身翻覆、起火燃烧，甚或爆炸的危险。飞机上有三个人，我的摄影指导、驾驶员以及我。第一个人脸色惨白，沉默不语。第二个叫吉姆，忙着看我的助手像具尸体似的躺在地上，吉姆认为他死了，不知所措，直说他当国内驾驶员的事业完蛋了之类的话。他一根根地抽香烟，不停拂拭头发，做些不假思索的动作——我想他在用脚操纵飞机。他是个非比寻常的驾驶员。

可是不知道为什么，我很冷静。我毫无冷静的理由啊！早先我曾问过吉姆我们幸存的机会有多少。

他的回答是"一半一半"。

但我很冷静，冷静得我开始把所有没有用的东西（摄影机除外）丢出去，以减轻机身的重量，甚至连机门都打开了，准备跳下去。整整一个小时，我们就在死亡谷小机场的跑道上空打转。我们得耗尽机油，等候救护车、医生、消防车，天知道还有谁。我看见我的合伙人、技师、工人群集在跑道尽头要帮我们降落。许多人爬上车顶。我发现没有人准备拍照。

在这同时，我观看四周的景物，我很熟悉这里，每天看，没有什么不同。我想从另一方面来看，因为一切都一样，所以我们也不该改变——从活人变成死人。这种非常自然的怀疑竟也叫我禁不住微笑。其实这片景物里的每件事物和往日都一样，除了一件东西——那个先前跟着我们的小轮子现在不在那儿。

罗伯托也很冷静，他看着熟悉的景物。这些景物像他从前看的一样具有相同稳定的生命张力，相同的事物。除了一样——一个再也不在那儿的小轮子。唯一的不同是罗伯托不知道这个。成千上万的人在那时于家中醒来，开始了一天的生活，只有一个人不见了。一场车祸夺走了她的生命。

罗伯托到她家时，他们叫他去医院。他在那儿见到她的父亲，他是位精力旺盛、看起来还年轻的人。好像他在车祸中没有受伤，受伤的是他的朋友，关心他们是他的责任。欧嘉昨天死了，今晚他们要把她的尸体放进闪亮的棺材里。正当挖坟人把最后几根螺丝钉拧上时，罗伯托觉得被一阵压抑不住的情绪、一股莫大的空虚攫住了。正是如此，悲伤是永远无法填满的空虚。他克制了一下，想办法不哭出来。从那一刻起，一股恐怖的荒芜之感占据了他。

他当晚就回到城里。在家里看见帕特里夏留的字条，请他立刻去见她。她要做什么？他用两根手指夹起字条，对着灯光想看清楚厚厚的水印纸上的几行字，然后把纸撕成碎片。过了一会儿，他松开指头，碎纸片慢慢飘落，无声无息地碰触地面。

三　天

　　我记得那绿色的草地，那红色的房子，那草原中铺排着太阳烘烤的砖。那女孩，也充满阳光。她像北欧的小阳春。我以前从未见过她，她对我微笑，那么自然，我也对她微笑，可是我立刻停止微笑，问她是否愿意来与我同住。她的脸上闪烁着深沉的惊奇。可是没有比清楚认定而直截了当的探问更奥妙的了。

　　后来，她搬来与我同住。就三天。全然奥妙惊奇的三天。

一部待拍的电影

或未拍的电影

有一天，我把车子停在通往拉韦纳松林的路上。坐在车里打开车窗，好看得更清楚一些，在不透明的白色冬日里种上幽长而排列整齐的荒凉的树。一个几何图形的迷宫被棕色的松树覆盖。通往海滩的小径亮光照进大海。就在这时，某种情境、某段对话进入我的思绪。角色是一男一女——姑且称他们为阿尔多和伊凡娜。他三十九岁左右，她二十九岁。两人都有深色的头发。他们都很苍白，但有所区别，他的苍白有些不协调，她的则赋予其一种古典的气质，可贵的那种。阿尔多先开口了。

"我什么都认不出来了。从前这里有一片小松林。秋天时我们到这里来打猎。到处是弯弯曲曲的沙径。现在这些直直的小径搞得我昏了头。"

"那你呢？你打算怎么整治这块地呢？"

"我？什么也不做。我买了，再卖出去。给我二十五万里拉，他们爱怎么样就怎么样。"

"会有一行行像这样的树吗？"

"会吧！"

"为什么？"

"什么叫为什么？因为大家有权到海边去，而且他们需要房子、树木。"

"你喜欢这些树吗？"

"不喜欢。"

"喜欢以前的模样？"

"嗯。"

"你真的在乎别人去不去海边吗？"

阿尔多没有回答。他点燃一支烟，抽了两口就丢掉。伊凡娜紧追不舍。

"我不明白。你为了不认识的人去做你不喜欢的事，放弃了自己爱做的事。你甚至无法确定这么做对不对。"

"别傻了。这就是进步和同胞爱，你到底懂不懂？而且，这就像其他的交易一样。"

"但你需要从中赚钱吗？"

"不需要。"

"瞧，这没道理。"

"我们去吃饭算了。你知道上哪儿吗？"

伊凡娜带着讽刺好斗的表情望着他："连你都知道在哪里。跟着你的鼻子走，就算你什么都认不出来，你也到得了的。"

塔格莉亚达是排水计划中的一条排水运河，幽静的水面上有朱砂色和绿色的铁格架。运河上有家饮食店。半小时后，阿尔多和伊凡娜已到达这猎人聚会的地方，里面老旧，烟雾缭绕，简单朴素，那种现在已经消失的地方。他们在一张桌前坐下来，继续对话。店东走上来和他们一起坐下，用脚把椅子挪过来。

"瞧，是谁来了！"

"什么都变了。我花了半小时找你的运河。"

"是呀！什么都变了。连你也开奔驰车了。咳，伊凡娜，我都认不出你了。你知道我们这里的小朋友连用勃朗宁手枪都打不中一头小牛的屁股吗？从前那玩意儿可得值十万里拉一把哩！"

"我当然知道。我们订婚了。"

"对了。还有你怎么……"

伊凡娜没有回答。店东一改他的拘谨，转而同情地看她。他是个跟他的面条一样朴素的人。他的眼睛像水一般清澈。

"庆祝一下，我们要吃什么好？"

阿尔多问："你有什么？"

"铁车上有两只肥山鹬。"

"不要！天呀！不要。"

伊凡娜打了个冷战。店东笑了，摸摸她的脸颊。

"原谅我，我忘了。来只鸡好了，也许你不知道那是什么呢！"

连伊凡娜也笑了。他们两人之间有股默契，愉快温柔，看来他们说的是个老笑话。阿尔多看着他们，有丝妒意，觉得自己是局外人。店东走开了。

阿尔多问："那只鸡是怎么回事？"

"没什么。他知道我不能吃鸟类，那种小小的、看得见爪子、尖嘴的。我是说看得出来它们是怎么做成食物的那种。"

"我懂了，你心疼。女人都一样。给可怜的小鸟儿同情和温柔，却不给可怜的牛宝宝，也不给有胡子的老山羊。我真搞不懂这种同情心。"

"我话没说清楚。我是说我不喜欢把这些小鸟当作生物看，有翅膀的生物。只要有翅膀的都令我害怕，叫我恐惧。"

"你是说你不爱它们？因为如果你爱它们，如果你感觉喜欢它们，你就会吃它们啰？不是吗？"

"对，那样子的话……起码我想是吧！"

"例如？"

"猫。"

"小猫。"

"对，小猫。"

"柔软、好玩、独立……"

"像那样的话，对，我会吃它们。"

"例如……我。"[1]

伊凡娜转眼看他，咧着嘴安然地笑着："阿尔多，如果我爱你的话。"

注　释

1　这几句话几乎一字不改地出现在《红色沙漠》(1964)里，这整段叙述可能就是电影原剧本的一部分，地点设定在拉韦纳及其市郊。

其他的对话录

有时候我伫立倾听两个人说话。他们所说的话常常和说话时的脸紧紧贴合，我很自然就对他们产生一些猜想。我想的几乎都和电影有关。情节十分自然地就从那些脸上浮现出来。

一

——你在这儿做什么？

——我想买块地。

——茱莉亚好吗？

——不好。

——地在哪儿？

——在教堂后方约一英里的地方。你为何不去看看她呢？她病得很重。她会很高兴的。

——好，我会去的。有几英亩？

——五十英亩。是开发区。

——价钱呢？

——如果你去看她，告诉她，无论如何，我都买了。一千五百二十万里拉。

——好价钱。我会告诉她的。

两个人都安静不语。好像在沉思。是在想茱莉亚吗？还是那块地？

二

——你怎么啦？

——让我来处理吧。我已经让他喊价喊到一亿一千万里拉了，可是他应该再出一个价钱，高些，再高些。

——你想他能出多高？我是说那块地值多少？

——我说过啦，一亿一千万。

——那我们已经达到那数目了。但是那块地，在那种地点，有那些树木，一定有个真实价钱。

——有呀！一等买主上门就有。那时你得看看。比如对一个想在那儿盖间别墅的人来说，因为喜欢那里，一辈子要住在那里，等等，那是无价的。

——好吧！可是对要盖房子的人呢？

——你是指投资？

——对。

——你是说露营区，还是什么？……

——对了，有人要在这里盖个露营区吗？

——嗯，得看情形。

——什么样的情形？

一如果这笔生意成交了，手上有现金，那是一回事。另外一回事是如果……

——你到底要不要卖呢？

——干吗问我呢？

——因为你是掮客呀！总之，你会出多少？

——我一毛钱也没有。

——如果你有钱？如果你有你所要的资本呢？

——你指的是我私人的资本还是银行贷款？

等等。

只是为了能相偎相依

　　某男人和某女人在海滨的餐厅。晶莹的红酒、手制的面包和萨拉米香肠。酒和萨拉米同颜色，那是他们喝它的原因，唯一的原因。

　　一条狗走过来，趋近他们桌前，四下张望，望见老板娘，它知道老板娘不喜欢它在顾客之间闻闻嗅嗅的，就回过头向门走去，停在那儿。老板娘走进厨房，狗便折返回来。它知道自己只要假装服从就行了。

　　两人慢慢地喝醉了。他们决定喝醉。半空的房间、老板娘、狗，连海也消失了。世界是一块桌巾，三乘三英尺见方。世界是白的。他们甚至不谈其他事了。他们谈牛排、谈面条，谈他们没有吃到的东西，谈三个刚走进来的男人——两个胖的和一个瘦的。他们谈到他们的手，谈到他们的手在桌巾上，也就是在世界中的位置。

　　可是现在他们得动身离去了，继续他们的旅途。

　　出门的时候，他们犹豫了。他们觉得永远出不了那扇门。结果女人跌跌撞撞，笑着倒在椅子上。那条狗看着她。男人说你不能在一条狗面前闹笑话呀！

　　外面下着雨。一阵温柔的毛毛雨被微风吹破。女人把头倚靠在潮湿的车顶上。她动也不动地待了几分钟。一片沉重的铅灰以云的形式卡在她的背部。她仰起头，男人看见她在哭泣，或者在发笑，或者同时又哭又笑。他们的故事不用言语描述就露出端倪了。男人也开始笑了，可是他的双眼湿润。他们是被诅咒的角色，两种无法匹配的身份使得他们的关系变成不可能。他们是毫无疑问为对方而创造的男女。

一个吼叫的声音：

"薇拉！"——名字接着一声诅咒。男人女人彼此顾盼。女人停止哭泣或者发笑，以非常女性化的动作坐进车内。男人看着她，接着自己也坐进去。他觉得自己蛮有男子气概的，头脑很清醒。他发动车子，踩油门。车子轰隆地开走了，潮湿的铺道上留下车轮的痕迹。

狗来到门口，望着他们。

这是电影的开头，或说是整部电影。我的推想是把动作集中在吃饭的那一个半钟头里。在那紧凑而陶醉的气氛里。一部有开头的电影，未必有结尾。

我常常在想，为故事设定一个结尾到底是对是错，不管是文学、戏剧，还是电影。一旦锁定结局，故事可能就有内缩死亡的危险，除非你再赋予另一个空间，除非你延长它的节拍，把它放在我们和所有故事的角色所生存的外在世界中。那里一切都不需要结论。

契诃夫曾经说："给我新的结局，我就能重新创造文学。"

从三十七层楼俯瞰中央公园

在纽约为一部电影录制原声带

其中有一段不停息的背景声音，低低沉沉，汽车来来往往。另一个声音断断续续的——是风。风阵阵吹来，稍停的时候，我听到它吹在远处的摩天大楼上。一阵跟随着一阵的风，在摩天大楼楼顶的我觉得一阵飘摇，一种奇怪的感觉，好像有几秒钟的时间我的头脑停止感觉。

起起落落，一阵短暂微弱的警笛，两声喇叭，一阵轰隆走开了，又接近了，被一阵突兀不耐烦的风拂去。一辆公共汽车。

早晨六点

第二道轰隆声和第一道结合，淹没了自己。远处隐约可闻爆破声。风又回来了，从空无中冒出、扩张，好像要在安静的空气中散布，可是停止了。好像又来了一辆公交车，不是公交车，它到底露面了，是汽车，第二个声音可能是摩托车，可是忽然变成不同的声音，我不知道是什么，一辆卡车，第二辆卡车加速行进。两三辆汽车驶过，排气管卡在那儿像风琴，迸发的声响巧妙地退散。刹那的空虚叫人心悸。一辆卡车很接近，几乎好像就在二楼，可是立刻就消失了。一声尖叫，是船的汽笛鸣响，长远忧郁。风停了。汽笛继续响。在汽笛之余，是背景的声音。一阵钟声不清不楚地响，好像是从乡间的教堂里发出来的。但可能是什么东西撞在铁上，而不是钟。又一声、两声。一辆汽车引擎加速时的愤怒干扰，非常短暂。在冷不防的静默里，汽笛在远方继续响着。那金属声的回声逼近。一辆非常嘈杂的卡车好像从窗户爬过来。但那是架飞机。所有的声音都越来越大——汽车喇叭、汽笛、卡车——然后慢慢地减弱。哦，不，又一阵轰隆，接着又是警笛嘶鸣。很恼人但很富联想性，使你感觉得到地平线。

六点十五分

先前提到过的所有声音都在，排成一列，像是样本书，非常清楚。简短的插入句。背景仍是不停的警笛。尖锐的汽车喇叭声，非常遥远。下面还有一个声音，很谨慎的。一辆在远远的街上的车，开得很快，可能是欧洲车。风在我大楼的墙上左右拍打了几下；一阵风立刻淹没在普通的卡车声里，但这次比较像呻吟，接着来了第二辆卡车，可是更小巧，有着新马达，它清楚的敲击声溜走了，彼此融合。但是那并非卡车，而是第二架飞机。不，不是飞机，是个骄狂变大又忽然消逝的声音，没有表白身份。警笛仍然在响，有些痴狂，再加上有人吹口哨（这怎么可能？），这些忽然被愤怒的喇叭声打断。木板掉在其他木板上面的声音。一部滑轮车，齿轮锵锵作响，非常清晰。可是那不可能是滑轮车，那不歇息的音符也不是警笛。是更多的木板，还加上一些金属的东西。声音很钝，难以听见，可是在空气中留下回响。一种胆怯的音符戛然而止。车子开过，一辆，两辆，三辆，一辆接一辆又接一辆……它们和其他车子交错而过，是不同的声音。一架飞机好像从摩天大楼里升起。它的消失和出现一样出人意料。车声震天，时机恰好。经过和消逝，清晰可辨，两个音符心满意足似的颤抖。一阵风过去。

六点三十分

更多的风。风愤怒地归返，溜进摩天大楼的间隙，又扭出去，大胆地撞上公园。被一声汽车喇叭喝止，好像被打了耳光。风走了。寂静里铃声大作，是警笛，高了一个音。不是铃声，我的意大利耳朵告诉我。木板尖锐敲撞，像连发子弹。一列地下铁，会让你想起老艾尔。铃声压断警笛的哀鸣。非常短暂。轻轻碰触就走了。声音也有极短的生命，它们在短短的几秒间生生死死。背景的轰隆变得有组织，像伪装的军队往前移动，一起迈步，准备好做任何事，或者炫耀自己的威风。声音很近，可以分辨出是风、汽车、飞机、老钢铁的敲击、警笛，它们果决地攀上摩天大楼旅馆。现在领头的是钢铁跌撞的声音，可是飞机超越了它，现在只有它了。什么都没有了。战役结束。温和的革命被专制的喇叭摧毁。木头上的敲击声。停顿。更多的敲击声。无疑，他们在搬动木板。听起来像快坏掉的机关枪，朝向被迫停开的汽车猛开火。第二声警笛比较真实。卡车车轮的声音，但不是卡车，是风又吹起，现在比较强，但不足以淹没飞机。汽车，像炮弹一样爆炸，没有回音，散得到处都是，金属声抛在不同的飞机上。愤怒的风、愤怒的卡车、愤怒的地铁。爆出两种不同的音色。轰隆声增强，但马上停息，好像被回复的敲击声阻止。一些我听不清楚的声音活过来，一声长长骇然的喇叭声，没有消失，永远不会消失的。我听不见了，但我仍然确信。对照下，警笛的哀鸣销声匿迹。事实上是受到一阵风压过，同时一辆卡车喧腾而上，可是又坠下去了，在风中迟疑。像铃声。一个声音，最初的声音。

早晨七点

突然一声警笛，好像提醒我它仍在那儿，所遭到的冷落和其坚持是同样的。车轮吱吱叫。隧道里一阵咆哮。

八点三十分

太阳已然升起，但是声音如昔。只是再添加一笔，令人不悦的一笔：摧毁建筑的钢钻。它们在遥远的地方，但随着风，我常常可以听出来。其他的声音也一样。一阵着急而有韵律的口哨，不停地自我重复，好像要宣告什么，那是具有叙述野心的口哨声。一辆嘈杂的汽车，不，不是汽车，是种我不知道的机器。很吵，还有远方的钢钻。除了那些，每样事物都变得更猛烈了。声音随着光线增加，风也一样，汽车马达也一样，警笛也一样。只有喇叭声变得比较稀落，表示大家正遵守交通规则，按喇叭是迫不得已的。他们没有钱交罚款，他们小心地遵守法律，像一些德国人的样子。我凝望他们在混乱的吼声中溶解在一起，相同的眼睛注视着前方，相同的姿势，相同的儿女，在他们迟迟开不快的车里：一阵欠缺勇气、终于爆发的怒吼。像一架飞机停格在半空，在这个宛若春天的冬季里，空气干净而清爽。[1]

注 释

1　如这段原声带的片段显示，安东尼奥尼一直想拍一部背景设定在纽约的片子。但是他对被给定画框的艺术直觉——西尼玛斯科普宽银幕（cinemascope screen）的尺寸（特殊的画幅比例）——大概阻止了他的拍摄计划。有位采访者问他是否会在纽约拍部电影，而不是在伦敦、罗马、洛杉矶等地，他回答说："只能等到银幕能竖直了再说。"

一朝与一夕

　　且让我们试着思索一部叙说一名男子生命里两天的故事的影片。他出生的一天，以及——他死去的一天。一个生命的开场似乎从某条路出发，而其收场说明他走了一条甚至连地理上来说，都和开始时的那条不相同的回程路。

　　且让我们试着思索一部拥有一个早晨和一个夜晚的电影，而非过渡时期的向往和挂虑。

不要试着找我

玛塔离开的那天和往常很不相同。玛塔的离开是件很特殊、很果决的事情，会永远钉在一个人的记忆里。仿佛那样还不够，那是个蠢透了的日子。有雨也有太阳。你看不见它，你也不知道它在哪里，可是光线就在那里，而且亮得很。连雨也很狂暴。阳光如暴雨。客厅的窗户大开，阳光照进来，以云的速度缓慢滑过地板。另一方面，雨则停在窗前。

最令他吃惊的是他自己在半空荡的房间里的脚步声，微乎其微的回音到处尾随着他。起初那回音不在那儿，起初所有的声音像他的妻子一样都走掉了，像载走部分家具的卡车。声音走了，静默抵临。

他尽量不培养什么习惯，却无法避免这个和声音有关的癖习。从他模仿远处钟塔的钟声而赢得赌注的那一天开始，他就像小男孩一样注意倾听。卓越的听觉对他而言也是一项发现。很快就引发了另一项发现——声音的奇迹。为什么一块铁敲打在另一块铁上会发出听得到的波动呢？为什么这些波动会消亡，而不会漫无目标地在空气中扩散呢？那些波动的感觉是如何在我们的脑里转译成声音的呢？总之，什么是听呢？在学校，他们告诉他色彩没有明确的性质。可是声音有。从那时起，他的日子就由声音代言。每个小时都有它自己的声音，直到变成习惯，然后变成他的工作。坐在控制面板前，有四十八个频道、记忆库、电子合成器之类的东西，整天沉浸在那些精致得叫人着迷的音响里，在一个年轻人的社会里批评我们的年纪。

甚至连电话也有不同的铃声。大部分是有冒犯性的。不是玛塔打来的，是某人向他要住址，要寄给他什么……

"拜托，什么也别寄给我。"

过了一小时，他刚从浴缸出来（他原本毫无理由进浴缸的），又是一串电话铃声。是她。他第一个念头是："她从哪里打来的？"他问她，可是她不愿说。他的第二个念头是："她把电话挂断后，我去哪里找她？"

玛塔在电话上的争论全部针对一点，今天或明天，有什么分别呢？他们都知道，他们常常告诉彼此这一天会到来。他们不是明明知道吗？所以呢？所以个鬼。经常模模糊糊地想是一回事，发现自己得面对事实又是另一回事。事实是无情的，它们才不在乎我们，我们的感情，我们的痛苦。或者他无能的感觉，他整个自我的崩溃。那正是奇怪的事，他的自我，而不是他们的关系。

这通电话讲了五分钟。现在他就在那间半空的房间，和他的整个生活面对面，冷漠得好像那是别人的生活。

他怎么会在此刻想起那个不知何处去了的小男孩呢？

一定是沉默——声音的缺席——让他陷入回忆。尖叫，绝望的呻吟，东西被丢弃的响声，他在地板上笨拙的脚步，吱吱作响的玩具第二天变成玩具遗骸。他的名字忽然无端被刺耳的声音大叫出来。他还学会了如何弹舌，他觉得那样有趣极了，感觉到别人看他的那一刻，真叫他得意。要浪费一天是不可能的，他特别喜欢在乱糟糟的假日里那样做，一点儿都不像浪费。

他从不后悔没有小孩。真的，第一次把小孩抱在手上时，他不知如何是好，只能像阅读教科书一样研究他，是一本他不喜欢的书。那些爱孩子的人迟早会看出一些美的东西。那笨拙的小身体，那些动作记述着他不了解的逻辑，还有那些含混的话——"睡衣"说成"睡睡"，"故事"说成"故叙"，"玩具"说成"具具"，"眼睛"说成"眼眼"（他总是犯相同的错误，那孩子结结巴巴吐出一些声音，显然从不知道那个音的意思，是谁教他的呢？玛塔看着笑道，当然是你，家里只有你那样说话）——他发觉这些家伙既不优美也不亲昵，只是叫人反感，无可救药得缺乏典雅。可是对玛塔而言，每件事都是应该的，也就是说正常的。当她对待孩子，和他说话时，好像他是成人。不像其他母亲对待那个年纪的小孩，她不造作，也不说哄娃娃的话。

　　站在窗前，双眼紧闭，他听到雨停下来了，从眼睑处他感觉到太阳出来了。任何天气都适合玛塔，阴天、晴天、雾天、雨天、雪天，还有其他不是这也不是那的那种天气。玛塔是个年轻的女人，拥有空荡荡的过去和空荡荡的未来。像母亲一样什么也未曾遗留下来，只留下成人想法中的未来。她毫不怀疑，从不发问，也免除自己问问题时的麻烦。她的希望全部集中在儿子身上，其他什么都免了。

　　当她倾听他的声音时，他一遍又一遍地说那也是他的儿子，有一天他觉得他们的血缘比从前更淡漠时，他确实大叫了起来。可是那小男孩混乱和急躁的原声带抹去了他的良心。那个小东西把他的生活变成不和谐音，和他生活相冲突。自己成人的生活方式流畅得像河水要泛滥的阶段，他对此感到很快乐。好像他的儿子在检查水流。一天夜里，他突发奇想：

也许他和他的儿子毫无关联。那是个荒谬的想法，可是加上荒谬的愤怒，就变成顽固的信念。怀着连他自己都认为可恶的谨慎，他开始求证他的疑念。他小心筛检他的儿子，一年一年地回顾检视，看看每年的行迹是否留下可以辨认的标志——那些他认为是自己天生的特质，他生理的特征。连相似的影子都没有找到，他觉得和那小男孩生疏起来，并且讨厌他。那男孩和日后终会长成的那个男人，他们两个都一样。从那时起，他开始回避他们。在家的时候，强迫自己不要去想在别的房间的小男孩，他在心里把小男孩的存在和车辆来往的噪声混在一起。

同时，不知不觉地，他更注意也更爱玛塔。他不了解他从儿子身上抽离注意力和爱这件事，也发生在她对自己的感觉上，她撤退了。

某天下午，她和一辆卡车一起回家，把一些家具和两个皮箱装上车，走了。连一声低语也没有，几乎是偷偷摸摸的。一个小时后，她在电话上告诉他为什么。在别的时候，他会知道如何回答。可是独自在那儿，在那回荡着他自己话语的空虚里，他无话可说。所以两人都沉默不语。四分钟对话，一分钟沉默。纪念他们告别的前奏。

这部电影是那五年和这五分钟的故事。片名可能是《不要试着找我》，她在电话里最后说的话。[1]

注　释

1　这则叙述核的标题（故意设计来完结本书）大概是向读者告饶。安东尼奥尼始终认为在某种意义上，他的电影代表他寻求自己、认识自己的努力。

附录 I　视觉的蒸馏精粹与主题蒙太奇

黑暗的事物吸附向光明，

躯体在颜彩川流中消逝，

音乐里的颜彩。所以

隐没是冒险中的冒险。

——蒙塔莱[1]，《带给我太阳花》(Portami il girasole...)

表面上，这三十三篇"速写""故事构想"或"叙述核"是想邀请安东尼奥尼的读者（应该也是观众）来探索这个导演的工作室、他观察的模式以及他电影的生成。"我是个写作的导演，而不是作家。"安东尼奥尼的否认不是要求读者的优宠（实际上，他也不需要），而是在强调视觉，尤其是在电影工作中叙述和观察两者之间视觉活动的习惯。我们碰上的不只是电影用语的转述（例如"眼睛摇摄""开始淡入"，或是"声画不同步"的情况，或我们听到的"画外音"），而是未拍成电影前这些材料的视像化。

安东尼奥尼这些速写的名称是"核（nucleus）""母体"或"胚胎"，并非一般既有的定义。不论是生理上或生物学上，一个意象或一个情境的孕育，重点都在于内部的活动、内敛的动力。核有未知的能量，因为未知，能量就能像个带电的粒子而和其他材料结合、扩大，终至变成看得见的形式。或者是像个胚胎，成熟并结果，然后显示出这个复杂的有机体

129

内部隐藏的基因特质，有机体最终的性质是无法预测的。核和胚胎共同分享古代哲学家所称的生命实体：一种内在力量的实现，一种内倾的自我领悟，或有目的的要素。核的能量也许是蛰伏的、暂缓的，或隐而不见的，但终究在那儿——一个拍摄影片之潜力的缩影，等待着导演和摄影机的介入，把它推入完全视觉和活跃的实现。

电影不像绘画，电影全是动作，本身就是动作的意象。如果表达得好，是叙述人生经验的理想媒体，可以把题材处理得像水流或波潮一般——感情的流动，也就是在用词语或动作将感情表达出来之前，感觉的过程和变化、成长、成熟、老去，观点的转移，社会或个人气质微妙的变迁。绘画能够在前景和背景、瞬息和永恒融会的一刻，有力地表达超越时间的刹那。可是在电影里，那一刻是由过程、由渐渐展开的显影来表达，好像一堆凝聚的细目忽然在总和的结尾时才沉淀出它们的一致性。因此在安东尼奥尼早期精致的纪录片《城市清洁工》(*N. U.*，1948）里，穿着蓝衣的清道夫拿着扫帚在曙光里工作，这就沉淀出整个罗马的意象，它的美丽与丑陋在那精准而抽象的时刻结合在一起，把一部纪录片转化成一首诗篇。也因此，在安东尼奥尼的剧情片里，最后一个镜头卓绝的力量和强度——像《蚀》(*Eclipse*，1962）里鬼斧神工的剪接，《放大》(*Blow-Up*，1966）的结尾和《过客》(*The Passenger*，1975）、《一个女人的身份证明》(*Identification of a Woman*，1982）中令人惊叹的结尾——再三证明他是电影节奏的现代宗师。

但是为了完全掌握这些核的本质，就得了解电影和绘画的表现如此不同，乃因其活跃的性质。安东尼奥尼说：

对我们（电影导演）来说，观看有其必要；对画家来说，问题也在观看。然而，画家要表现的是静态的真实，也许是一种旋律，是一种围绕在一个符号里的旋律。电影导演的问题是拥抱一个会成熟而且会消耗自己的真实，然后说明这个动作，直逼到一个点，再往前迈进，像有个新鲜的观点。电影不是一个意象：景物、姿态、手势，而是一个不可分解的整体伸展的一段时间，浸润融合，决定自己真正的精髓。

他再次以不同的方式但同样的殷切来强调，并深沉地阐述这些核深切的意义：

我们知道在表露的意象背后，还有另一个对真实更忠实的意象，在那之后还有一个，层层包容。但那绝对、神秘的真实，那真正的意象是没有人可以看得到的。以后或许会走到一个地步：每个意象、每个真实都会瓦解。抽象电影因此自有其存在的原因。

在播种的核里，电影发胚了，冒芽，成长，分枝。最先是剧本，然后是分镜剧本（在准备的过程中，导演通常会找心有灵犀但具有批评意见的合伙人，把自己的幻影托付给别人仔细检查）。接下来就是拍摄的紧要阶段，在这阶段要先试验剧本——修改、删减、增添、限定——摄影机在这道练习题中扮演着决定性的角色——也许能称之为"那个总是走在你身旁的第三人"——还有演员、工作小组、天气、光线。即兴的形式就是在这时加入的——安东尼奥尼拍片时总是为那偶发的真实预留空间。他说这往往是他最好的"新发现"（trouvailles）的来源。最后就是剪辑这个累人的工程。为了确保完成的作品充分表达导演支配的幻影，最重要的是尊重最高的神秘性，也就是从他手中所撤回的真实又回复成为焦点。用强制的秩序处理无法明讲、只能暗示的混乱——这种种问题的解决方式将会激发下一部影片，也许就是把那些"核"嵌入突发的生活里。

安东尼奥尼表达的方式是"把一连串的意象倒着看，变成事件的形态"。意象不仅仅是观察得来的枝节，而且是相当庄严的枝节，它刺激观察者整个意识的注意力——也许是因为这些都和他自己的无意识活动有关，无意识里那些未知的事物，有些被埋藏的感情或联想骚扰，一些个人或遗传的记忆在内心深处翻搅；也许是一闪而过的清醒，体认到瞬间刺穿黑暗的一些想法或直觉的震撼。也就是说核的来源，或者是来自使人迷惑或无法言喻，但一再出现的意象；或者是在心领神会的时刻和外在世界碰触，视觉洞察力的关联受到干扰而转化成有主题的实体——安东尼奥尼是以纪录片起家的电影导演，他始终都是外在世界犀利而热情的观察者。我想那些叫人迷惑和一再出现的意象该算是幽幽探射的光线——尤其是车灯——从水底冒出〔像《蚀》中皮耶罗的车，以及短文《他们已谋害了一名男子》（*They've Murdered a Man*）中的车〕，或穿透浓雾、雨水的帘幕〔如《一个女人的身份证明》和《夜》（*The Night*）〕，或是在黑暗中闪现〔如《往边境去》（*Toward the Frontier*）〕。

后来，安东尼奥尼解释说，这些意象使他对日常生活的感觉具体化，但是它们的鲜活和力量暗藏在他解释来龙去脉的神秘里。另一个例子是他影片中四处环绕的山景，性感的形状像女人的躯体，要不然就是耸矗着，像硕大无朋的障碍，不只是立刻划分了范围，而且伸展到它们后面的地平线［或水平线，如在《事象地平线》（*The Event Horizon*）里群山环绕着由树木镶边的高原和它冷酷的情景，但有一边是朝着海和天敞开的］。直觉类的意象可能是文中女人的通讯簿——日期以十分率性的红色大写字母写成，好像命运以血腥草草写就——也许更骇人的是，从散布在飞机残骸四周模糊的血肉中，找到一只男人修剪整齐的手，它正优雅地握着沾染血渍的咖啡匙（"仿佛在这样的情境下，搅拌血比搅拌咖啡更有道理"）。这些意象的产生不是因为无意识，而是特别为了彰显现代世界的不调和——现代世界的痴昧、对暴力的容忍和叫人愉悦的谦恭并存，我们利用装扮的礼仪来遮掩自己内在的暴戾，来过滤真实里突然闯入的恐怖，以及存于实体的危机和不安。

不管是由无意识或由活跃的诗人观察力产生，导演一生都习惯挖掘他的所见所感，以展现被埋没的真实面，这两者都为他的习惯点灯探路。他自己用考古学的譬喻说道：

> 我的电影一向是追寻的作品。我不认为自己已是这个行业中的翘楚，而是一个继续追寻并深研与自己同时代人们的人。也许在每部电影里，我都在寻找男人情感的痕迹，当然也是女人的。在这个世界里，那些痕迹为了方便和外表的感伤而被埋没；在这个世界里，感情被"公共关系化"。我的作品就像在挖掘，就像在我们的时代里，在一堆贫瘠的材料中所做的考古研究。

我就是如此这般开拍我的处女作的，这也是我仍然孜
孜不倦在做的事……[2]

为了维系这个譬喻，这些核代表了"挖掘"中出土的物
件——感情的残简、洞察力的片段。曝了光后，它们就由想
象力提起，检视，接着被试验放在一个更大的、更合适的形
式里。可是挖掘者的目的是要从这些碎片中，从他自己埋葬
的情感和过去的时光中，去发现此时此地的他是谁，或他可
能是谁。一个导演之所以拍电影，是因为这是他为了了解自
己而选择的形式。安东尼奥尼在上述访谈中谈道："导演在他
的影片里除了找寻自我之外别无其他。它们不是记录一个完
成的思想，而是一个思想的成形。有些人常常问道：一部电
影如何诞生？可能的答案是，它从我们所有人的混沌之中诞
生，难的是要在一捆乱线中寻找，想办法从这捆乱线中理出
头绪来……"

总之，电影是对自我的发现。这一点在《放大》里以绘
画来类比电影的制作过程时表达得十分透彻。画家比尔站着
看自己放在地板上的画作：彩色的点，点与点之间隐隐浮现
人物的各个部位，背景是不透明的粉白色，是一幅抽象画。
他说："我画它们时，一点意义也没有——只是一团糟。事后
我找到了一些可以凭据的东西——就像……就像……（然后
指着人物部位）那条腿。然后它自己就理出了头绪，合乎情
理。就好像在侦探故事里找到了一丝线索。"安东尼奥尼说起
他的电影："一旦电影完成，我才明白自己的意图。"比尔拒绝
把那幅画卖给他的摄影师朋友，因为它的意义——意义就是
他自己仍在作品里——仍在孕育。将来，摄影师会认清自己，

并明白自己在这桩犯罪事件中是代理共谋的角色——他借由他的共谋：照相机和放大机，发现一桩犯罪事件。最后一张放大的照片——他只剩这一张了——一个属于他自己和全人类命运的意象——在他的抽象意念里，那米粒似的尸体分解，化入地下，他也许会变成这个样子，消失在一个新的个人和职业的水平线，一种新的神秘中。

　　《放大》中的摄影师像《过客》中的洛克一样，是个身处消失过程中的人。旧的自我死了，"出镜"了，所以新的自我才能登场。为了让这种消失发生，急遽的解剖是必然的。习惯、传统的反应、定型的态度，会阻碍和其他人以及和自己内在真实之间有意义的沟通，因此职业的配备（如在《过客》里，阻碍了发现的过程）必须毫不留情地被剥光。我们到处背负着过多的包袱——谎言的包袱，限制我们，改变我们，使我们无法变通，无法扩张新的方向或真实的空间。所以那部电影剥蚀了洛克的包袱——他的录音机、他作为记者所提问的一些没有意义的问题、他的习惯、他的浮士德式的汽车，甚至他的墨镜——留下他全然的纯洁来面对他选择的命运：一个新的人在死亡的刹那浮现出来。

　　这个系统化的剥除者——安东尼奥尼，同时也是伟大的实验者和先驱，以及最伟大的电影现代主义者，不断严格地自我鞭策。他厌倦了传统说故事的方式和标准的电影制作方法，尝试剥去妨碍他通往真实的任何成规。传统的电影从不表达真实，以至于生机渐枯。拍完《夜》后，他说：

　　　　我相信我已经把自己剥得精光，把自己从当代普遍滥用的许多不必要的正式技巧中解放出来……所以我替自己祛除许多无用的技巧包袱，消除所有逻辑的转接、所有利用一个场景给下一个场景当过场的跳板。我这样做是因为我相信……今天的电影应该系身于真实，而不是逻辑。我们日常生活的真相既不机械化亦不传统化、人工化，就连故事也是如此；如果电影以这种方式拍成，就会显露无遗……因此我认为重要的是电影转向……表现的方法绝对要自由，像抽象的绘画一样自由；也许电影更可以构成诗，一种押韵的电影诗篇。[3]

用这种方式来剥光自己以获取诗的真实，而不局限于传统的真实，导演想要消失，进入自己的作品。他的电影诗是艾略特（安东尼奥尼最喜欢的现代诗人）所称的"非个人诗"所不可避免的结果，这种诗是借"不断泯灭个性"形成的。但对影响他的艾略特和古尔蒙[4]而言，那种消失是从外围移向一个人存在的"结晶"或内在水平线的必然活动。目标是要在已被灌输的观念，以及一成不变的感情所造成令人窒息的重壳之下，找到一条生路。被制约的自我说着陈词滥调，想得千篇一律，一路通往艾略特所谓的"更顽固的自我，既不说话，也不争辩"。像真实一样，那个自我不断闪避导演的捕捉，因此每部已完成的影片总是带有实验性质，结尾变成新的开始。但正是这种努力、这种挣扎提升了一无是处的自我，那才是最要紧的。像那位诗人，导演（还有那些他刻画的追求历程的角色），奋不顾身地往前走，因为走往任何地平线都没有意义，那地平线不会把我们带到一个地方，让我们发现自己到底能走多远。理论上，这段旅程就像一个人努力要寻找极度的真实，却永远无法找到。这或许就是本书以文章

《不要试着找我》(*Don't Try to Find Me*)作结尾的缘由。因此,我们只能发现导演在消失之前,在像《放大》的摄影师淡出了,或像洛克在银幕上消失"出镜"之前的身影。

有几点需要注意。首先,这些"速写"显然不是毫无关联的杂记或随笔,随便的一瞥以寻求一个有利的环境或在某个剧本插上了一脚。它们也不是等待发展的影像模型或初步的故事大纲。它们是非常富有启示性和经过精挑细选的一群——我会称之为前进的画廊——叙述核(narrative nucleus)。可视为视觉的"蒸馏"精粹,它们在某方面真的很令人满意,但它们都在期待爆发性的扩张和更丰硕的成果。不论它们的形式是叙述故事〔如《往边境去》和《金钱沙漠》(*The Desert of Money*)〕、影像的情境,或散文诗〔如《百合花瓣里》(*In the Cup of a Lily*)〕,它们都经过设计组合,展示了导演在影片中的苦心经营,那种用来追求澄澈的过程。

本书整体上也设计组合成安东尼奥尼最坚持的主题蒙太奇。作品的次序不以年代为架构,而是经设计来透露一部电影从它的母体成长的过程。相对而言,最后巧妙收尾的散文表示这些作品完成了。一位访问者问他写作本书的目的何在,安东尼奥尼简洁地回答:"为了尽量写好它们。"不是为了文学艺术(他客气不说),而是为了影片本身,这是它们最终也许会(也许不会)达到的目的地,它们渴望把自己变成视觉的诗篇。在文字背后,必要性的、纯粹的建设,神秘的暗示,因为任何感官的附会都可能会扰乱那等着浮现的意象本身潜在的真实,所以必须毫不留情地剥去——这就是它们的目标。它们并不"简陋",因为电影制作决定性的幼虫阶段就在导演挣扎完成这些架构中形成。

并不是每一篇故事都一定会成为一部电影。例如《海上的四个男人》（*Four Men at Sea*）这一篇发展成了完整的电影剧本《水手》（*The Crew*），安东尼奥尼原本寄望于一九八四年开拍，但因资金不足而束之高阁——至少暂时如此。同时，据导演所言，《两封电报》（*Two Telegrams*）正被拍成电视片。本书中至少有一篇被融入《技巧上很甜蜜》（*Tecnicamente dolce*）[5] 的剧本里，评论说这是安东尼奥尼最具野心的剧本，如果拍成的话，将会是他所有作品中内容最丰富以及主题最浅显的一部。这部剧本有一部分〔包括它的主题和预定的主角杰克·尼科尔森（Jack Nicholson）和玛莉亚·施奈德（Maria Schneider）〕被纳入了《过客》中，但它本身显然永远也拍不成电影了。有些构想大概会永远被弃之不用；有些仍在等待天赐良机，等待发展成剧本，或被吸收入其他更复杂的组合当中。

安东尼奥尼的"绘画"展览证实了这不只是在神秘化创作的过程。画展名为《受蛊惑的山》（*Le montagne incantate*），一九八三年末在罗马的现代艺术博物馆（Galleria d'Arte Moderna）展出[6]。"绘画"不是很准确的字眼，因为这项展览运用一连串摄影放大技术，彻底转化了绘画的技巧。原画都是小幅的树胶水彩画或拼贴画，尺寸从火柴盒大小到四英尺乘九英尺的水平矩形，大致是电影银幕的画幅比例。主题清一色是风景画，更贴切地说是山景，起伏的山陵或积雪的山峰紧贴着色彩变幻的天空地平线。受地平线蛊惑的山，伸展在地平线之外，传递着受限于范围之内的概念，同时超越山峰之外，形成通往消失的地平线的通道——是一种受约束但又有可能的自由。这些都放大成原尺寸的几百倍，结果类似《放大》的最后几张放大照片——一把手枪粗粒般的轮廓在草丛中闪烁，一个人体的轮廓，这副身体显然腐烂了，化入它所在的腐质中。观众看的影像已经经过技巧的探索，被激烈地投入新的空间：不同的山岳志里。原作精准的轮廓都变得模糊暧昧，山和天空、前景和背景的界线仍然保留。可是块面好像互相融合，互相介入。坚实的色块分解成点画派的章法或毫无章法。肌理变化，产生放大的粒状，近乎分子的质感，发展成律动。原作和放大本都流露出作品出自超绝细密的色彩家之手，叫人想起日本和中国禅味画里的山水，神秘而美丽，绵延的大地和积雪的山峰在远方与云朵融合。

但是在放大本里，可以感觉到一股和原作不同的特质：暴力——安东尼奥尼明确要传达的暴力。我们经由视觉的启发看见潜伏蛰眠的能量从原作的"蒸馏"中爆发而出；好像某种内敛的力量借由放大变得清晰可见，忽然间强悍地宣告自己的存在；好像在本书中，安东尼奥尼引述艾略特的诗，迫使我们不安地望着相同的窗外，却看到了不同的风景；好像我们视为坚实、明亮和熟悉的事物被迫说出自身隐藏的暴力和内在的不安。放大本传递了活跃的神秘感，让我们感到一度信以为真的熟悉外表，蕴藏着火山似的惴惴难安的动力。

这种效果并不像是文艺复兴时期画家所追求的所谓"视点"，而是艺术家赋予熟悉的事物和景象以变形的扭曲观点所得到的双重真实。如果去看霍尔拜因[7]的作品《使节》（*The Ambassadors*）的观众站在画面的极左之处，就可以看出与一般正面看画时所见的不同事物——原来像是置于地上的斜面其实是一个人的头颅——死亡的象征忽然透露出两位使节的命运，他们在生命的黄金年华和权力的鼎盛时期被画家扼住了命运。他们头抬得高高的，面对着我们一如我们面对他们，彼此都没察觉到看不见的东西，除非骤然变换角度。在这变换之前，观众就像《放大》开头时的摄影师和《过客》中因不满而自行摸索的洛克，受传统世界既定的感受和构造统治。在霍尔拜因的画里，站对位置的观众才得以认识他自己，同时也认识到对他而言，真实的本质是在画框所界定的熟悉世界里；在画框以内，真实的本质所受到的困扰，仅仅来自那些事物——在背景的绿色帘幕边缘的墙上那小小的耶稣受难像，还有置于地上类似斜面的奇怪物体——而习惯一般观察的眼睛会很快略过这些，被两位使节充满信心的活力和外表催眠。

安东尼奥尼的树胶水彩画也一样，观看者面对的是他所生活的两个世界，被叙述和动态记录的真实。和平与暴力，美丽与恐怖，熟悉与神秘，瞬息与永恒，散文与诗歌，内在与超越——借由结合艺术家之手和技术加工的过程，所有古老的对立因素都得以面对彼此，在展开的真实中动态地显现出来。对我而言，那好像不是相反对立，而是相辅相成的元素。在此，艺术家的目标，一如导演在他的电影里的目标，不是要并置表象和真实以毁坏表象，而是要捕捉它们结合在一起时那形而上的片刻。为了要使这个时刻发生，必须迫使令人熟悉的真实——常见表象的世界——暴露出蛰伏的元素：它的暴戾、神秘与不确定性。

安东尼奥尼这类视点，源自罗马诗人卢克莱修[8]的作品（他的作品亦被用作本书的引言）。一九五九年拍完《奇遇》（*The Adventure*）后，在一篇著名的访问里，安东尼奥尼提道：

卢克莱修无疑是历史上最伟大的诗人之一，他曾经说过："在一个凡事都不确定的世界里，没有一件事与它应该显现的样子吻合。唯一能确定的是一股秘密暴力的存在，使得凡事都不确切。"卢克莱修对其时代的指称至今仍是个恼人的真相，在我看来，这种不确定性仍然存在于我们的时代里。

值得一提的是《奇遇》的最后一个镜头，一对情人站在伊特纳山那白雪皑皑的山下。他们疲倦的脸上有种果决，一种感情暂时平息的冷静——好像雪封的永恒和伊特纳山的雄伟造就的冷静。但如果我们认真地看这电影，我们都知道那段感情的平静事实上是极端靠不住的，这对情侣对感情暴烈转变的能耐就像伊特纳山极度的冷静——伊特纳山大概就是所谓的"受蛊惑的山"，深觉自身潜伏火山爆发的不安。如同第一篇文章《事象地平线》中所表现的那样，人世是互补的，或与宇宙本身存在着相似的关系。每个世界都包括它自己不断退缩的地平线，很明显不协调的美丽与暴力，冷静与骚嚷，还有那最终的神秘，地平线中的地平线，其中的黑洞；如果我们假想山景被无限扩张放大，可见的事实消失了，就像人世消失在死亡的神秘里，没有任何音讯可以逃逸。

还有另一个方法可以用来说明这个要点。对安东尼奥尼来说，题目和演职员表一样，是作品首要主题的一部分。当本书校订时，他提议（这提议为时太晚，没被采用）把书名改成《一堆谎言》或《纯属谎言》。我想他的目的是要把强调暴力的主题改成包含胚胎核观念的创作过程，以引导心思缜密的读者来发问：为什么这些叙述核会被视为谎言呢？"谎言"指的是纯然虚构吗？如果它们都是谎言，那谎言的真相是什么呢？未发展、未被认知的核和已完成的电影的关系就像部分真相——不管多么无意，一向都得依赖于对真实的戏仿或扭曲，在某种程度上是个有效的谎言——和已透露的真相的关系相同。真相就是潜在的暴露，正如橡树是橡树子张力的真相。安东尼奥尼在其中一则故事中说："我一直想要的不是现象的结构，而是重数现象所隐藏之张力的时刻，就像是花开展示了植物的张力。"这就是亚里士多德所谓的 energia（行动）或 praxis（实践），在动作中暴露正是电影能量的极致。

总之，这里对一般肤浅的有关真相的理论，或是对其时下流行的对立面，即被我们误称为"真相""真实"和"意义"者，是虚构的，都没有承诺。这些都是由于我们无法逃离永远注定要绝望受困的既定语言之网而产生的虚像或幻觉。例如安东尼奥尼谈到《扎布里斯基角》(Zabriskie Point)的目的是要制造"寓言的气氛"，而且"即使评论家反对，我还是确切相信一件事：寓言是真相"。真相乃因故事不论长短，在主体与客体、独特与普遍、瞬息与永恒交会融合时，都能在"形而上的片刻"（安东尼奥尼语）中延续。完成的电影也许是虚构，不管理论家怎么认为，但这些丰富的虚构正是现在的真相。总之，真相是暂时的。真实就像真相，就像退至山后的地平线，不断闪避我们的捕捉和视觉。安东尼奥尼提起《放大》时说：

> 我们以为已经得到它（真实）时，情况已经不同了，一个背景黯淡的影像用放大机放大，得到的是个闪

烁的影像。如果我们更加深入，可能会触及事物的真相。我们肉眼看不到的东西会出现。我总是不相信我所见的，因为我总会想象那背后会是些什么。而其背后的影像是什么，我们也不清楚。《放大》里的摄影师不是个哲学家，他只是想贴近些看东西。如果放大得太过分，物体会自己分解而消失。因此，有某个时刻，我们掌握了真实，但真实稍纵即逝。这就是《放大》部分的含义……

真实就像真相，是可以捕捉到的，但只是暂时的、临时的而已。这暂时的真相是真的，部分是因为它在更大的真相里突显出自己的超越，也突显出在它背后的意象。或以生物学或人类学观点来说（像安东尼奥尼常做的那样），我们可以说它在手段上是真的，没有了它，我们就无法活或无法超越自己，从而不能适应一个无常的世界，在这个世界里，"唯一确定的事是不确定性"。这对生命是必需的，以尼采的达尔文观点来看，人类借着这手段进化，借由这手段，他变成（而且一定继续变成）他自己。要继续身为人类，他就无法剔除对意义的惯性。

安东尼奥尼坚持对怀疑他的批评者说："我相信即兴形式。"正如坦率而勇敢的即兴创作者所表达的那样，其前提是对生活和艺术真相暂时性本质的信心。导演承认，一旦我们看见真实的踪影，它就会回避我们、退缩而去，他忠于其追寻中那种内在的悲剧；但同时他在艺术当中揭露了自己的美德——耐心、勇气、视野的广阔、自我牺牲、同情心——这些都是由那悲剧产生的，构成了展开的真相。

在此之前，艺术就是谎言。在摄影上，那展开的谎言好比我们多数人生活的混沌。我们就像这些未发育的果核，只是潜在的能量。我们开始从这个黑暗而且混淆不清的世界出现，借着潜伏的过程寻找个别的形式，就像一个潜在的意象由化学作用或低密度的光线暴露出来。不管是人或艺术，这个过程都需要挣扎、受苦，甚至暴力。改变和成长都和出生一样痛苦，爱情像思想一样经常伤人。无意识的内在得经过挣扎才能见到光明。不管是生物、历史、个人或艺术上，所有的变形和超越的存在都具有暴力的因素。以真相为其目标与正当理由的电影，就诞生于那种形而上的暴力；这种暴力引发了潜在之核内具有的爆炸性能量，并推动它们在导演和我们身上实现其完满性。

据安东尼奥尼所言，一个导演最大的危机在于电影有非比寻常的说谎能耐。它组合的力量大得无以复加，因此伪造世界的能力几乎是不受限制的——尤其是在大众社会里，有着工业化的娱乐媒体、商业资本主义和消费主义符号的疲劳轰炸、"虚假信息"的组织系统、各种意识形态的竞争，大众逐渐脱离困难复杂的感情和思想。但更危险的是，电影若把自己的力量借予生产制造大量的谎言，制造陈词滥调、政治的简化、高科技的乐观主义、意识形态的扭曲，因而丧失了自身记录甚至揭示真相的庞大力量，电影就可能出卖自己的灵魂。它的潜力非同小可——是人类心灵的发明物中最全面也最复杂的媒介。然而，电影误用那些力量，把自己出卖给娱乐工业和不幸受缚的观众，渐渐地被视为一个庞大的体制，专为营利而撒谎，专为逃避现实，总之，是为了扩充和散播意大利人所谓的robaccia：垃圾。

试着想象这些核可能会如何发展，好奇的读者会感受到它们内在实质的视觉价值和题旨，还有作为电影诗篇的潜力。

　　例如，想想《往边境去》。一开头就像安东尼奥尼作品里常见的封闭情况。导演和三个同事被关在梅拉诺的旅馆里完成了维斯康蒂的剧本，后来因工作结束，他决定和三位玩伴——一个意大利女孩、一个德国女人、一个美国官员——一起去夜游。四个人挤进一部吉普车（又是封闭的情况），开往奥地利边境。我们可以猜想时间是刚入夜，阿尔卑斯山的轮廓依然紧贴着渐暗的天空，地平线在招手。他们感觉到松懈的痛快，期待一晚的自由和欢乐。但他们也受到文化语言差异的隔离，跨过边境若不必战战兢兢也得要机灵。被迫生成的亲密感（就像《奇遇》开头在游艇中的片段）逐渐产生半成形的感觉、初发的感情、试探的姿势等种种暗流，并把它们带到表面。吉普车里里外外渐渐凝聚黑暗的同时，车灯一直亮着——保证令人安心地亮着。他们到达蒂罗尔的一家旅馆，那个地方和居民的陌生都加深了他们的不安和笨拙，使他们更加亲密。他们在探索旅馆和彼此的同时，叙述镜头当然也在探索他们。他们慢慢认清所处的真正情境：闯入陌生世界的不速之客，在真正走私者的世界里，他们是色欲和情感的走私者，是陌生人中的陌生人（又似于《奇遇》中岛上的片段，走私者和色欲的暗流）。但他们选择了这趟旅程，朝向这个地平线，这个不欢迎他们的旅馆。在安东尼奥尼的作品里，目的地常常就是命运。人往往将自己困在表现他们内在真实的地理景观或情境当中。

　　所以他们稍早松懈的痛快给予封闭的感觉以可乘之机，但这一次是在陌生的空间里——一个闯入者开始在感觉和举止上都像个参与者，而不仅仅是观察者，神秘和暴力的戏剧性渐渐产生的共谋开始围拢他们四周。他们像自愿应征的演员，在已经解决的剧情里纠缠不清，剧情发展的结果摆在他们之间，他们不知道。觉悟的场景发生在山谷树林的一块空地，墓园的光线由爬上山而露出地平线的月亮安排。在这种场景、这种诡异朦胧的光线之下，他们听到而且目击了一件凶残的犯罪事件，这把他们的感觉推到顶点（导演宣称这情境非常接近《放大》的安排）。导演兼司机现在有意识而且故意地进入这个充满鬼魅而又阴暗的世界里（战时他在阿布鲁兹村也有过相同的经历）。这个决定的记录形式是相当典型的安东尼奥尼式的，不是口语的而是视觉形式的。果决地转弯掉头，远离梅拉诺，朝边境去，熄掉引擎和一路照亮路途的车灯，他冲下坡，朝向密布着森林的边境，沿着月光照耀的道路，迈向更黑暗的奥地利，那一片 selva oscura（黑森林），它的地平线此刻成了他的目的地，想来也是他的乘客们的目的地吧！

可以确定的是，这一切纯属臆测。用安东尼奥尼自己的话来说："任何的解释都不及神秘本身有趣。"但不管是否是推测，这极简单的场景也可能提醒我们导演拍摄影片的主要特色。这篇故事的核无疑是山谷里出现的奇异暴力。我们不知道——身为参与者，身为读者——到底发生了什么事，只知道两个人在月光下的空地以奇怪的角度面对面站着，后来一个人躺在地上。这个事件和自梅拉诺闯入的目击者的生活没有因果关系。在这种情景里，以一般电影术语来说，什么事也没发生，除了暧昧地目睹这件事之外，什么也没有。但以另一层面，主要是诗的感觉来说，则什么都发生了。一个生命，也许是三个生命，也许更多生命（走私者的生命，他们的活动忽然因为闯入者来到旅馆而中断，还有被谋杀的女人的生命）永远被改变了。尤其是导演兼司机，他协调却不相同的生命——就像但丁既为诗人又为朝圣者——互相重叠、互通声息。导演以导演的身份进入未知的"景物"，一个神秘的世界，我们可以猜想它困扰了他在技巧上的扬扬自得，以及他想以传统模式准备剧本和撰写故事，甚至于拍摄它的信心。他往"边境"出发，不太明白是为了什么，那个神秘的世界围绕着他，一个不停透露声息的世界，不是传统"神秘故事"里预设的神秘，而是蛰伏在日常生活和猜不透的事件中的神秘。身为司机兼参与者，他进入一个他必须承认感觉存在的世界——受压迫的感觉，不正当的热情，甚至潜伏在内里的暴力——就在他跨越自己和他人之间未经探索的关系之时，这些感觉忽然都表露出来了，他发现自己与他人处于不同的角度——奇怪的角度，因而惴惴不安。身为导演，他内心一定有某些感触，他被封锁在陈腐的真实世界里，一定有些先决的不安驱使他出游，后来他更深邃的感觉开始"骚动"，他有意地做了决定，继续这段旅程，即使这可能意味着要将他自己陷溺进"毁灭性的因素"当中。

生动而微小的细节无疑增加了他对其他人感情的复杂程度。像那些玛娇利卡陶砖的阿拉伯花纹伸展到边缘而和其他陶砖相连，可是在相连的地方花纹是断裂的，无法和周围相同的花纹连接。整个过程的内里都是视觉的诗——是诗，因为它利用类比，以及隐藏在普通事件清晰的表面之下、非因果连接的知觉来描述——联结被掩藏、被真正压迫的因素，它们忽然被解放的时候，那爆炸性的能量就更加有力。

而暴力就隐身在压迫当中，终于在幽森的光线下于空地上现身；包含着难以理解的神秘意义，除非是感情的暗流集结才有可能沉淀出来。森林、山景、浮士德式的器材——车和车灯——在此之前他们是穿透黑暗的工具，现在黑暗变成他们的世界和目的地，这些和《放大》中比尔的抽象画是对等的叙述。总之，抽象的风景之中的事物尚未理出头绪，而一些散落的光点照亮了一片黑暗的原野。他们的内心世界被投射在外在的现象界，他们和我们一样第一次发觉内心的世界被具象化或被限制了。

安东尼奥尼说过："在我们内心当中，事物在雾或影子的背景下以光点出现。我们具体的真实世界有鬼魅般抽象的本质。"所有安东尼奥尼式的旅程都是以这种混乱的抽象为开端。不论是为了逃避的狂想，或是在街市散步，或是穿越沙漠的旅行，或是在乌云里遭暴风雨摧击的飞机，或是出航的船只，或是火箭，甚至宇宙飞船——这些真的或渴望成真的航行，表达的是那些心甘情愿或不满足于旅行的人所要跨越的距离。他们发现自己被困在一个世界里，同时又看见地平线的自由在招手，唤起想成为旅行者的人的精力和渴望，令其突破他的限制和自我。就我们所见，旅行以对现实情况的抽象为起点——一股尖锐混乱的感觉，呈现为雾和影子的背景。在此，"事物……以光点出现"。抽象慢慢自己理出头绪，一种形式出现了。形式抓住特异性和色度使自己变得独特。确定性也渐渐建立起来，然后越发确定，成为传统，变成真实世界的规律。如此获得的规律秩序再次向我们施加压力，压迫在我们内心深处翻搅的抽象意识，问题激烈聚集在我们表面的确定性背后，然后我们又将其投射和客体化，形成一个新的地平线。像是破旧或被遗弃的形式，新的地平线也由鬼魅般的光线点亮。此时，人们只能看到点画派里的细点，能够微微地看到具象的蛰伏元素，一种新的形式正在浮现。

抽象的地平线的"回归"当然不是真正的回归，而是更进一步走向新的混沌、新的空间，即使在我们前进时，我们也无法感知和理解。就像《放大》中的摄影师和《过客》中的洛克（当然还有从一部电影到另一部电影的安东尼奥尼），我们也从从前的我们跃出，放下妨害我们旅程的包袱，到达现在的我们；进入这个点着幽森光线的新抽象，走进危险的卢克莱修式的不确定性和隐秘的暴力当中；新的不确定产生，旧的确定被压抑。我相信这就是安东尼奥尼设计之下的主要模式和动态生命。以艾略特的话总结，安东尼奥尼觉得这和他的想法很相似（艾略特的比较富有宗教性），所以觉得分外亲切：

我们不该停止探索

在所有的探索结束之后

将会抵达我们的起点

而初次认识到有那样的地方

威廉·艾洛史密斯[9]

一九八五年八月于乔治亚州亚特兰大城

注　释

1　蒙塔莱（Eugenio Montale），意大利诗人，一九七五年诺贝尔文学奖得主。——中译者注

2　这段话出自题为《且谈〈扎布里斯基角〉》（*Let's talk about "Zabriskie Point"*）的访问，刊于一九七〇年八月的《老爷》（*Esquire*）杂志。

3　原载 Centro（Centro Sperimentale di Cinematografia）的期刊 *Bianco Nero*（一九六一年，二月、三月号），是在罗马的一场讨论会中提到的言论。

4　古尔蒙（Remy de Gourmont），法国作家和哲学家，法国象征主义运动最重要的评论家之一。他的文学观后来影响了二十世纪的诗人庞德和艾略特。——中译者注

5　于一九六六年起草的剧本，现已出版，附有阿尔多·塔索内（Aldo Tassone）的引言及安东尼奥尼的序言（一九七四年，米兰）。标题出自物理学家奥本海默（Oppenheimer）的话："依我的看法，一个人如果看见某种技巧上甜蜜的事物，他就会亲近它，去做它。"在剧本里安东尼奥尼透露说："一九六六年夏天，我以为克服了所有的事。在那电影和我自己之间的战役中，我自认为是赢家。但是我没有考虑到那位不容宽恕、毫不留情、冷嘲热讽的主宰——制片——他手上掌握了电影企划的每根线。当卡洛·庞蒂（Carlo Ponti）告诉我——出乎意料、不加解释——他不想制作这部片子，他改变心意了，我辛勤不懈地在心灵里建构的世界，那个奇妙又真实、如此美丽神秘的世界，忽然崩塌了。但废墟仍在，在我心灵的某处。"

6　画展的目录（*Antonioni: Le montagne incantate*）由伊达·帕尼契莉编辑，前言出自诸家之手，由 Electa Editrice 出版（一九八三年，米兰）。这本目录对安东尼奥尼的绘画有很好的介绍，但也有不可避免的缺失，为了适合目录编排的尺寸，放弃了重要的技巧处理，故意放大的部分也被缩小。

7　霍尔拜因（Hans Holbein the Younger），德国画家，擅于心理刻画的写实肖像画家。——中译者注

8　卢克莱修（Lucretius），拉丁诗人和哲学家。——中译者注

9　威廉·艾洛史密斯（William Arrowsmith），本书英译者，当代著名古典学教授，任教于美国波士顿大学，译有多部古典名著。本文原为英译者前言，篇名系编者所拟。——编者注

附录 II　安东尼奥尼电影作品年表

1942　　《飞行员归来》（*Un pilota ritorna*）编剧

　　　　《弗斯卡里父》（*I due Foscari*）副导演 / 编剧

　　　　《夜间来客》（*Les visiteurs du soir*）副导演

1943–1947　《波河上的人》（*Gente del Po*）导演 / 编剧

1947　　《悲惨的追逐》（*Caccia tragica*）编剧

1948　　《城市清洁工》（*N. U. /Nettezza Urbana*）导演 / 编剧

　　　　《人造丝织物》（*Sette canne, un vestito*）导演 / 编剧

　　　　《罗马—蒙得维的亚》（*Roma-Montevideo*）导演

1949　　《迷信》（*Superstizione*）导演 / 编剧

　　　　《爱的谎言》（*L'amorosa menzogna*）导演 / 编剧

1950　　《怪兽别墅》（*La villa dei mostri*）导演 / 编剧

　　　　《法洛丽亚雪山索道》（*La funivia del Faloria*）导演 / 编剧

　　　　《爱情编年史》（*Cronaca di un amore*）导演 / 编剧 / 剪辑

1952　　《白酋长》（*Lo sceicco bianco*）编剧

1953　　《不戴茶花的女子》（*La signora senza camelie*）导演 / 编剧

　　　　《失败者》（*I vinti*）导演 / 编剧

　　　　《小巷之爱》（*L'amore in città*）中的《企图自杀》（*Tentato suicidio*）
　　　　导演 / 编剧

1955　　《女朋友》（*Le amiche*）导演 / 编剧 ★获威尼斯电影节银狮奖

1957　　《呐喊》（*Il grido*）导演 / 编剧

1958	《暴风雨》(*La tempesta*)副导演
1959	《罗马冤家》(*Nel segno di Roma*)副导演
1960	《奇遇》(*L'avventura*)导演 / 编剧 ★获戛纳电影节评审团奖
1961	《夜》(*La notte*)导演 / 编剧 ★获柏林电影节金熊奖
1962	《蚀》(*L'eclisse*)导演 / 编剧 ★获戛纳电影节评审团奖
	《花和暴力》(*Il fiore e la violenza*) 中的《犯罪》(*Il delitto*) 导演 / 编剧
1964	《红色沙漠》(*Il deserto rosso*)导演 / 编剧 ★获威尼斯电影节金狮奖
1965	《女人的三副面孔》(*I tre volti*) 中的《试镜》(*Il provino*) 导演
1966	《放大》(*Blow-up*)导演 / 编剧 ★获戛纳电影节金棕榈奖
1970	《扎布里斯基角》(*Zabriskie Point*)导演 / 编剧 / 剪辑
1972	《中国》(*Chung Kuo - Cina*)导演 / 编剧
1975	《过客》(*Professione: reporter*)导演 / 编剧 / 剪辑
1981	《奥伯瓦尔德的秘密》(*Il mistero di Oberwald*)导演 / 编剧 / 剪辑
1982	《一个女人的身份证明》(*Identificazione di una donna*)导演 / 编剧 / 剪辑 ★获戛纳电影节 35 周年纪念特别奖
1983	《重返利斯卡岛》(*Ritorno a Lisca Bianca*)导演 / 编剧 / 剪辑
1989	《意大利十二导演与十二城市》(*12 registi per 12 città*) 中的《罗马》(*Roma*)导演
	《朝拜》(*Kumbha Mela*)导演 / 剪辑
1992	《诺托·杏花·火山·斯特龙博利·狂欢节》(*Noto, Mandorli, Vulcano, Stromboli, Carnevale*)导演 / 剪辑
1995	《云上的日子》(*Al di là delle nuvole*)导演 / 编剧 / 剪辑 ★获威尼斯电影节费比西奖

1997	《西西里》（*Sicilia*）导演 / 制片人
2004	《米开朗基罗的凝视》（*Lo sguardo di Michelangelo*）导演 / 编剧 / 美术
2004	《爱神》（*Eros*）中的《事物危险的脉络》（*The Dangerous Thread of Things*）导演 / 编剧

出版后记

本书是意大利殿堂级电影大师米开朗基罗·安东尼奥尼的创作笔记，记录了他在工作、旅途中的所见所感和创意构思，三十三篇故事皆作为酝酿中的电影素材而写就。这位"写作的导演"以充满摄影眼自觉的视觉化笔法，对种种情境进行"速写"，组织起了意蕴万千的象征和隐喻画面，不仅有着超然的文学性，也与其执导的电影群相勾连，构建出一个大师的文艺世界——那里有暧昧疏离的情感、难以捉摸的命运、莫名暗涌的暴力、无助赤裸的内心、隐匿虚无的真实⋯⋯

文集中的部分故事因令人遗憾的原因筹拍搁浅，如《海上的四个男人》；部分灵感被纳入更复杂的叙事框架进而被搬上银幕，如《过客》；还有些短篇在历经波折后终于如愿被拍为电影，如导演生前的最后两部故事片《云上的日子》和《爱神：事物危险的脉络》。

1995 年，在导演维姆·文德斯（Wim Wenders）和编剧托尼诺·圭拉（Tonino Guerra）的协助下，因中风失语沉寂十年之久的安东尼奥尼完成了长片《云上的日子》。该片改编串联了文集中的六则短篇，其中四则的呈现较为完整，包括《不曾存在的爱情故事》《女孩，犯罪》《轮子》和《这污秽的身躯》；还有两则仅做元素引用，即《事象地平线》的航行冥思和导演絮语、《不要试着找我》的空荡之家和最终电话；另外，片中那神秘的漫天迷雾也可见于书中对故乡费拉拉的深情描写。

2004 年，作者为拼盘电影《爱神》执导的短片《事物危险的脉络》，亦改编自文集中的同名故事。短片主题曲名为《米开朗基罗·安东尼奥尼》，意指向导演致敬。"沉默的景象 / 空旷的角落 / 无言的书页 / 一封信 / 在脸上 / 石头和蒸汽 / 爱人 / 无用的窗口……"整首歌浅吟低唱，仿佛一场惆怅迷离的蒙太奇式意象拼贴，用作伴读本书的背景音乐也极为合适。

本书于 1983 年在意大利首次出版，书名取自其中一则故事——《台伯河上的保龄球馆》(*Quel bowling sul Tevere*)。1986 年的英文版沿用了此书名，并加了副标题"一个导演的故事"(*That Bowling Alley on the Tiber: Tales of a Director*)。中文世界此前译介的书名就选用了《一个导演的故事》(如 1994 年远流版，2003 年广西师范大学出版社版)。不过据英译者在附录中所言，在校订英文版时，作者曾提议把书名改为书中另一则故事名，即《一堆谎言》，或改用《纯属谎言》，也许他是想"把强调暴力的主题改成包含胚胎核观念的创作过程"，但为时太晚，未被采用。法文版出版时，则最终定名为《纯属谎言》(*Rien que des mensonges*)。

综上考量，此次出版将书名定为《一堆谎言》，或可将之理解为在虚构与非虚构间游移的探寻之旅，亦可视作导演本人由关注外在真实转向关注内在真实，从纪录片走向新现实主义，继而"出逃"为现代主义之风格演化的浓缩体现。

安东尼奥尼是影史罕有的世界三大电影节最高奖大满贯得主。他还于 1995 年获得奥斯卡终身成就奖，曾在其作品《过客》中出演男主角的杰克·尼科尔森为他颁奖。颁奖词这样说道："在世界上空虚寂静的空间中，他找到了能够照亮我们心目中寂静空间的隐喻，他还在其中找到了一种怪异可怕的美：简单质朴、优美典雅、充满神秘、萦人心头。"在本书《关于我自己的报告》一篇中，作者提及 2006 年——那让罗兰·巴特感慨"21 世纪第一次出现"并假装不曾感伤的年份——给安东尼奥尼带来了奇异的感受；而作者本人逝世于2007 年，这位跨越了世纪的长寿导演，在漫长的艺术生涯中为世界献上了三十余部影片，本书作为他未拍成之作的"魂器"，将会把这种萦人心头的美，以另一种形式流传下去。

"电影学院"编辑部

拍电影网（www.pmovie.com）

后浪出版公司

2020年8月

图书在版编目（CIP）数据

　　一堆谎言：安东尼奥尼的故事速写 /（意）米开朗基罗·安东尼奥尼著；林淑琴译 . -- 成都：四川文艺出版社，2021.1
　　ISBN 978-7-5411-5815-5

　　Ⅰ . ①一… Ⅱ . ①米… ②林… Ⅲ . ①小说集－意大利－现代 Ⅳ . ① I546.45

中国版本图书馆 CIP 数据核字 (2020) 第 218551 号

QUEL BOWLING SUL TEVERE by MICHELANGELO ANTONIONI

Copyright © Enrica Antonioni

This edition arranged with Enrica Fico Antonioni

Through BIG APPLE AGENCY, INC., LABUAN, MALAYSIA.

Simplified Chinese edition copyright:

2021 Ginkgo (Beijing) Book Co., Ltd.

All rights reserved.

本书中文简体版权归属于银杏树下（北京）图书有限责任公司。

版权登记号图进字：21-2020-349

YIDUI HUANGYAN : ANDONGNI'AONI DE GUSHI SUXIE

一堆谎言：安东尼奥尼的故事速写

［意］米开朗基罗·安东尼奥尼 著

林淑琴 译

出 品 人	张庆宁	选题策划	后浪出版公司
出版统筹	吴兴元	编辑统筹	梁 嫒
特约编辑	刘 坤　许绮彤	责任编辑	叶竹君
装帧制造	墨白空间	营销推广	ONEBOOK
封面设计	黄 海	责任校对	汪 平

出版发行	四川文艺出版社（成都市槐树街 2 号）
网　　址	www.scwys.com
电　　话	028-86259287（发行部）028-86259303（编辑部）
传　　真	028-86259306
邮购地址	成都市槐树街 2 号四川文艺出版社邮购部　610031
印　　刷	北京盛通印刷股份有限公司

成品尺寸	130mm×210mm	开　本	32 开
印　张	5.125	字　数	110 千字
版　次	2021 年 1 月第一版	印　次	2021 年 1 月第一次印刷
书　号	ISBN 978-7-5411-5815-5	定　价	55.00 元

后浪出版咨询（北京）有限责任公司常年法律顾问：北京大成律师事务所
周天晖 copyright@hinabook.com
未经许可，不得以任何方式复制或抄袭本书部分或全部内容
版权所有，侵权必究
本书若有质量问题，请与本公司图书销售中心联系调换。电话：010-64010019